Eine Bildreise

Gert von Bassewitz / Rolf Schneider / Ellert & Richter Verlag

Tucholskys Berlin

Gert von Bassewitz
geb. 1942 in Berlin, lebt und arbeitet als freiberuflicher Fotograf in Hamburg. Er ist Autodidakt, befaßt sich mit der Darstellung von Raum und Licht und arbeitet hauptsächlich im Bereich der Architekturfotografie. Im Ellert & Richter Verlag erschienen die Titel „Potsdam und Sanssouci", „Auf Paul Gerhardts Spuren", „Auf Friedrichs des Großen Spuren" und „Auf August Mackes Spuren".

Rolf Schneider
geb. 1932 in Chemnitz. Studium der Germanistik und Pädagogik in Halle/Saale. Arbeit im Berliner Aufbau Verlag. Seit 1958 freier Schriftsteller; verschiedene Literaturpreise. 1979 Ausschluß aus dem DDR-Schriftstellerverband, anschließend neun Jahre Engagements an westdeutschen Theatern. Für den im Ellert & Richter Verlag erschienenen Deutschland-Band hat er den Beitrag „Märkische Heide, märkischer Sand" verfaßt.

Titelfoto:
Das alte Museum am Lustgarten. Auf diesen Stufen stehend, hat Kurt Tucholsky seine einzige öffentliche Rede gehalten – 1920, auf einer Anti-Kriegs-Demonstration.

Bildnachweis:
Farbfotos: Gert von Bassewitz, Hamburg
Abbildungen im Textteil:
Berlinische Galerie, Landesmuseum für Moderne Kunst, Photographie und Architektur, Photographische Sammlung, Berlin: S. 7 r.
Bildarchiv Preußischer Kulturbesitz, Berlin: S. 6, 9 r.+u., 10 l.+r., 11 l.+r., 28 o.+u., 32 r., 33 r., 48, 49, 50 l., 56, 57, 58 l.+r., 59 m.+r., 60 u., 61, 66, 67 r., 68/69, 85
Schiller Nationalmuseum, Deutsches Literaturarchiv, Fotostelle, Marbach: S. 29 l.+r., 30 l.+r., 31 l., 33 l., 50 r., 51
Stadtmuseum Berlin, Landesmuseum für Kultur und Geschichte Berlins: S. 7 l.
Süddeutscher Verlag Bilderdienst, München: S. 8/9
Ullstein Bilderdienst, Berlin: S. 8 l., 31 r., 32 l., 59 l., 60 o., 67 l.

Quellenhinweis:
Kurt Tucholsky, Auszüge aus: GESAMMELTE WERKE
Copyright © 1960 by Rowohlt Verlag GmbH, Reinbek

Literatur:
Kurt Tucholsky: Ich kann nicht schreiben, ohne zu lügen. Briefe. 1913–1935. Herausgegeben von Fritz J. Raddatz. Reinbek 1989
Michael Hepp: Kurt Tucholsky. Biographische Annäherungen. Reinbek 1993
Klaus-Peter Schulz: Kurt Tucholsky in Selbstzeugnissen und Bilddokumenten. Reinbek 1959
Klaus-Peter Schulz: Wer war Tucholsky? Stuttgart 1996
Jochen Boberg/Tilman Fichter/Eckhart Gillen: Industriekultur in Berlin, 2 Bde. München 1984

Die Deutsche Bibliothek – CIP-Einheitsaufnahme

Tucholskys Berlin / Gert von Bassewitz/Rolf Schneider. – Hamburg : Ellert & Richter, 1997
(Eine Bildreise)
ISBN 3-89234-696-8

Text und Bildlegenden: Rolf Schneider, Schöneiche
Gestaltung: nach Entwürfen von Hartmut Brückner, Bremen
Lektorat: Frank Heins/Rüdiger Frank, Hamburg
Bildredaktion: Anke Balshüsemann, Hamburg
Satz: KCS GmbH, Buchholz/Hamburg
Lithographie: Lithotec Oltmanns, Hamburg
Druck: Girzig + Gottschalk, Bremen
Bindung: S. R. Büge, Celle

Inhalt

Charlottenburg und Köpenick, Lichtenberg und Wilmersdorf waren noch selbständige Städte oder Gemeinden. Die Stadtgrenze in Richtung Westen verlief den Tiergarten entlang und im Osten hinter dem Zentralviehhof im Bezirk Prenzlauer Berg. Die Bevölkerungsgröße lag im Jahre 1871 bei 826 000, im Jahre 1900 bei fast 1,9 Millionen. Berlin, bis dahin Residenz der preußischen Könige, war seit dem Deutsch-Französischen Krieg, der in die Gründung des Reiches mündete, außerdem zur gesamtdeutschen Verwaltungs- und Regierungszentrale geworden und zur Residenz ihres höchsten Souveräns, des Kaisers aus dem Hause Hohenzollern.

„Berlin war nie eine Urbs, es war nie eine Bürger-(Patrizier-)Republik. All das war es nur dem Namen nach. Bis in neuere Zeit hinein war es ein mit Büros und Kasernen reich ausgestattetes Dorf großen Stils, und eines Tages, um ein Diktum Lord Byrons zu variieren, erwachte es und war eine Residenz geworden. Eine Residenz mit einem Hof, einem Reichstag und einem Heuschreckenproletariat."

So im Jahre 1880 der Schriftsteller Theodor Fontane. Man will annehmen, er habe genau gewußt, wovon er da sprach. Das Wachstum der Stadt an der Spree, aus einer im Zug der deutschen Ostkolonisation um 1230 gegründeten Siedlung hin zu einer Weltmetropole des 20. Jahrhunderts, geschah immer hektisch und in geräuschvollen Schüben. Verglichen mit Städten wie Paris, London und Rom war die Geschichte einigermaßen jung, und die entsprechenden Reminiszenzen waren bescheiden. An das Zeitalter der Gotik erinnerten ein paar Kirchen, an die Renaissance etliche Mauern im Stadtschloß, und erst die barocken Stadterweiterungen hatten deutlichere Spuren hinterlassen. Eine urbane Kultur, die diesen Namen verdient, gab es frühestens seit dem Jahr 1800, als die Universität ihren Betrieb aufnahm, die Salons öffneten und Karl Friedrich Schinkel das Zentrum mit seinem Klassizismus überzog.

„Viele Städte sind in Berlin eingeschachtelt", schrieb ein anderer Berliner Literat, der jüdische Schriftsteller Georg Hermann. „Stets hat sich das Gesicht der Straßen, der Menschen, des Verkehrs etwas verändert und verschoben ... irgend etwas, das im vorigen Jahr noch Baustelle war und in diesem Jahr schon eine Häuserreihe mit weißen geteilten Fenstern und mit runden, goldumgitterten Balkons trägt."

Solche Sätze bezeugen erst einmal die allgemeine Manier der städtischen Vergrößerung. Sie bedeutete immer auch das gefräßige Verschlingen ursprünglich selbständiger Siedlungen vor den Toren, was sich am Ende bloß noch in den hartnäckig unterschiedlichen Eigenheiten einzelner Quartiere mitteilen konnte. Außerdem äußert sich hier die Atemlosigkeit, die das Berlin um 1900 prägte und die sich beileibe nicht nur in der Art des städtischen Wachstums festmachte, dort aber auch.

Die militärische Niederlage Frankreichs im Jahre 1871 hatte einen Strom französischen Reparationsgoldes nach Deutschland gelenkt. Berlin schöpfte sich seinen Teil davon. Schon die preußische Kapitale war ein bedeutungsvoller Industriestandort gewesen, mit den Fabrikgründungen von Borsig und Siemens. Nun wuchs da nicht bloß die bevölkerungsstärkste, sondern die auch wirtschaftlich potenteste Stadt Deutschlands heran, führend in Branchen wie der Eisenverarbeitung, dem Maschinenbau, der Elektroindustrie, der Konfektion und dem Bankwesen. Das alte Zentrum, inzwischen City, erwies sich als Ort, „wo Geschäft sich an Geschäft reiht und die Häuser bis unters Dach voll von handelnden, schreibenden, erfindenden, sinnenden Menschen sind; wo Tausende von Waren sich aneinanderstoßen und Tausende von Schildern, langgestreckt, rund und viereckig, mit Goldbuchstaben am Tage und Lichtreklamen in der Nacht, sich zu überschreien suchen. Jene Stadt, die um die Mittagsstunde wie ein Sudkessel und um die Mitternachtsstunde wie ein Kirchhof liegt; hie und da mit wenig Grün, mit wenigen Plätzen und nur noch wenigen Winkeln, die von ehedem erzählen."

So abermals Georg Hermann. Seiner Schilderung ist zu entnehmen, daß es sich bei der rituell beklagten Entleerung gegenwärtiger Großstadtmitten nach Geschäftsende um eine ziemlich alte Erfindung handelt. Die erwähnten Städte in der Stadt aber konservierten unter anderem den sozialen Unterschied: Es gab das Berlin des Hofes und das Berlin der Regierung, wie es ein bürgerliches Berlin gab und ein plebejisches, und jeweils ließ sich das nachweisen an bestimmten Plätzen und Straßenzügen. Die auch aus anderen Großstädten bekannte Scheidung in reiche und ärmere Wohnbezirke, dort zumeist gleichbedeutend mit bestimmten Himmelsrichtungen, zog sich in Berlin immer kreuz und quer durch die Stadtlandschaft. Das Proletariat, dem Fontane Heuschreckenqualitäten beimißt, war in der Tat von sprunghafter Natur, die sich aber kaum etwa aus Charakter und Temperamenten, vielmehr aus den Migrationsbewegungen und den jäh wechselnden Konjunkturen ergab.

Die Lebensumstände der Arbeiterschaft waren nicht besser und nicht schlechter als anderswo in Deutschland, doch nirgends sonst kam diese Schicht in solcher Massierung vor. In den vor der Jahrhundertwende hastig erschlossenen und billig bestückten Baugründen, vor allem nördlich und östlich der früheren Stadtgrenzen, bewohnte sie jene spezifisch berlinische Form der Zinskaserne, die es auf bis zu sechs Hinterhöfe brachte. Die hygienischen Bedingungen waren katastrophal. Der einzige Freizeitluxus war ein Besuch in jenen Eck-

Eine der Hauptschlagadern des alten Berlin war die Friedrichstraße – hier eine Aufnahme der Kreuzung mit der Georgenstraße, nahe dem S-Bahnhof, aus dem Jahre 1930. Kurt Tucholsky hat als Kind in der Nähe gewohnt und als Erwachsener nahebei gearbeitet.

Der Potsdamer Platz war ein Zentrum der Berliner Vergnügungsindustrie. Hier gab es Hotels, Kneipen, Kinos, Varietés, Kaschemmen. Größtes und berühmtestes Etablissement wurde das 1914 vom Weinhändler Kempinski eröffnete Haus Vaterland mit dem Café Piccadilly.

Berlin war eine Arbeiterstadt. Das Proletariat strömte aus den Dörfern des Umlandes und aus sämtlichen Regionen des östlichen Preußen herbei. Ursprünglich gab es Zwölf-Stunden-Arbeitstage und Kinderarbeit. Die Sozialdemokratie, die gegen das soziale Elend auftrat, hatte in Berlin starken Zulauf.

kneipen, von denen sich in einem ordentlichen Berliner Plebejerquartier immer vier an jeder Straßenkreuzung befanden. Der dort ausgeschenkte Fusel, billiges Zeug, wurde auf den Latifundien des ostelbischen Adels aus Kartoffeln gebrannt.

Der Weg des Schnapses zeichnete den Weg der proletarischen Wanderungen nach: Ein Gutteil der Berliner Arbeiterschaft war vor der Landarmut Pommerns und Schlesiens in die Metropole geflohen, wo sie das Elend der dörflichen Katen gegen das Elend der städtischen Slums tauschte. Wer den Versuch unternimmt, die Zuwanderung im Hinblick auf die daran beteiligten Ethnien zu ordnen, wird auf den kräftigen Zustrom aus unmittelbar benachbarten Provinzen des Königreichs Preußen treffen. Daneben gab es Zuzügler aus fast sämtlichen Regionen des damaligen Deutschland und auch aus Polen, da Bewohner der unter preußisch-deutscher Verwaltung stehenden Gebiete um Posen zahlreich dabei waren.

Als ein *melting pot* oder Schmelztiegel, wie (mit dem Titel eines längst vergessenen Bühnenstücks) New York City sich bis heute empfindet, hätte auch das Berlin nach der Jahrhundertwende gelten können. Die Wurzeln seiner Assimiliationspraxis reichten weit zurück: bis ins Zeitalter des brandenburgischen Kurfürsten Friedrich Wilhelm, der sein durch den Aderlaß des Dreißigjährigen Krieges entblößtes Herrschaftsgebiet durch allerlei Maßnahmen für die Ansiedlung durch Fremde öffnete. In der Folge erschienen anderswo verfolgte Protestanten. Sie kamen aus Salzburg und aus Böhmen, vor allem aber aus dem Frankreich des Sonnenkönigs Louis XIV. Außerdem kamen Juden: aus Wien und von sonst noch überall her.

Die brandenburgisch-preußische Toleranz, die sie anzog, war keine Sache einer grundsätzlichen Moral, sondern eine des ökonomischen Kalküls: Die Immigranten brachten Vermögen mit und eine hohe handwerklich-händlerische Erfah-

Die proletarischen Wohnquartiere waren finster. Die übliche Form der Mietskaserne hatte bis zu sechs Hinterhöfe – einer unhygienischer und lichtärmer als der andere. Auch das Berliner Kleingewerbe kam so unter, in sogenannten Gewerbehöfen, wo Wohnen und Arbeiten ineinander übergingen.

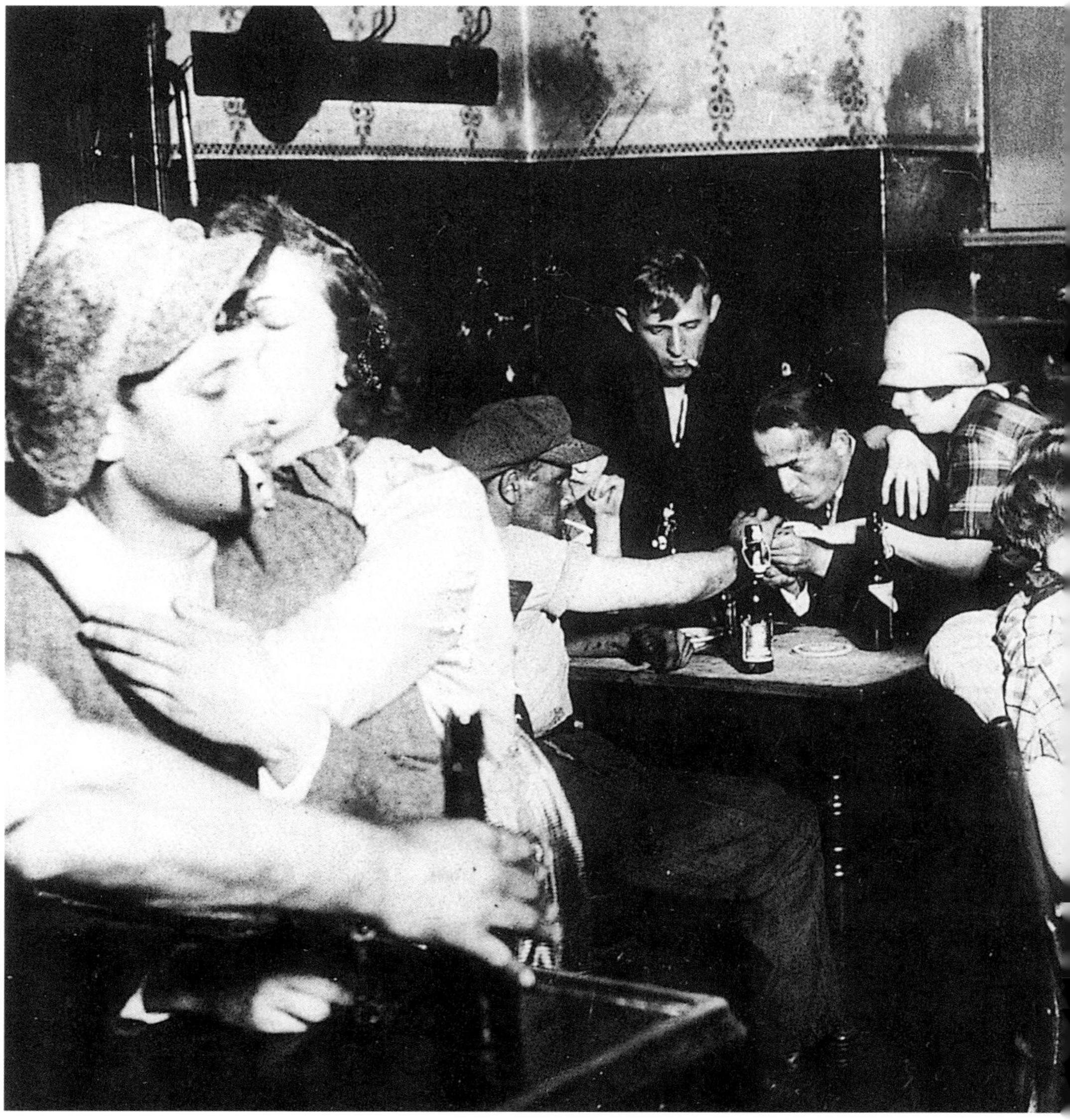

Die kleinen Leute trafen sich in der Eckkneipe. An Straßenkreuzungen in Arbeiterquartieren gab es davon wenigstens vier. Die Wirte waren Beichtväter, Kreditgeber, Zeremonienmeister, manchmal Hehler. Bei ihnen wurden sämtliche Arten von Familienbegängnissen gefeiert: Geburten, Hochzeiten, Begräbnisse.

rung. Sie brachten außerdem ihre Kultur mit, ihre Sprache, ihre Religion. Das unmittelbare Nebeneinander von so heterogenen Bevölkerungsschichten erforderte von allen Beteiligten Rücksichtnahme, und von der feudalen Obrigkeit verlangte es ordnende Vernunft. Was herauskam, war Toleranz, und wie immer deren Anschübe einst gewesen waren, im folgenden prägte sie das allgemeine Tun und das Denken, vor allem in Berlin, und wurde ein untilgbarer Teil der dort gelebten Zivilisation.

Sie war bürgerlich, ganz entsprechend der Bevölkerung, die sie trug. Die Stadt Berlin ertrotzte sich besondere Freiheiten, so die Möglichkeit, den Heeresdienst zu verweigern, und dies selbst unter dem armeeverrückten Soldatenkönig Friedrich Wilhelm I. Hier ergab sich ein fundamentaler Unterschied etwa zur nahe gelegenen Sommerresidenz der preußischen Könige in Potsdam, wo, ein geflügeltes Wort, immer pariert wurde, wo Berlin rebellierte. Ein Salut, zu dem die Stadt 1848 den König zwang angesichts der Märzgefallenen, wäre anderswo in Preußen undenkbar gewesen. Die Grundhaltung einer ständigen Respektsverweigerung, einer latenten Aufmüpfigkeit und eines radikalen Republikanismus zeigte sich immer im Berliner Leben und setzte sich schließlich auch noch fort im Wirken der Sozialdemokratie. Republikanismus ist ein Kind der Aufklärung, deren Instrumente Belehrung, Bildung und Lektüre sind. Das Berlin des 19. Jahrhunderts wurde eine Zeitungsstadt. Der erste wichtige (wiewohl gescheiterte) Journalist des beginnenden Jahrhunderts hatte Heinrich von Kleist geheißen. Sein erfolgreichster Nachfahr zwei Generationen später hieß Theodor Fontane.

Er schrieb für die konservative *Kreuzzeitung* ebenso wie für die liberale *Vossische Zeitung*. Ums Jahr 1900 existierten die drei mächtigen Verlagshäuser Scherl, Mosse und Ullstein, mit jeweils mehreren Presseerzeugnissen, anspruchsvollen wie populären, wobei das von Theodor Wolff geleitete *Berliner Tageblatt* wahrscheinlich die beste Zeitung war, die Deutschland jemals besaß.

In Berlin erschienen zwischen 1900 und 1933 mehr Zeitungs- und Zeitschriftentitel als in jeder anderen Stadt der Welt. Für das Jahr 1928 hat man insgesamt 147 Berliner Tages- und Wochenblätter gezählt. Die allgemeine Neugierde, die sich in diesem Zeitungsbetrieb mitteilte, wurde außerdem durch die Künste bedient. Etwa ab dem Jahre 1880 war Berlin der Mittelpunkt wichtiger künstlerischer Innovationen: zunächst des literarischen Naturalis-

Im Zeitungsviertel stand der deutschnationale Scherl-Verlag (Bild) nicht weit von liberalen Häusern wie Ullstein und Mosse.

mus, wie ihn Gerhart Hauptmann und Arno Holz vertraten, dann des malerischen Impressionismus, dessen Hauptvertreter Max Liebermann hieß, schließlich des Expressionismus in Dichtung und bildender Kunst, mit Literaten wie Gottfried Benn und Galeristen wie Alfred Flechtheim und Herwarth Walden. Das Zentrum des deutschen Verlagswesens wechselte von Leipzig an die Spree, ausweislich der Häuser S. Fischer und Ernst Rowohlt. Der Bühnenbetrieb stand dem nicht nach: Gleichfalls nach 1880 wurde Berlin zur wichtigsten Theaterstadt der Deutschen.

„Man kommt nach Berlin, weil es groß ist“, schrieb der Kunsthistoriker Julius Maier-Gräfe. „Deutschland hat unvergleichlich schönere Aussichten, aber es ist überall außerhalb Berlins treuherzig und gemütlich und von vorgestern. Berlin wurde heute fertig und kann übermorgen abgerissen werden. Es belastet nicht. Man lebt in einem Hotel. Blanke Messinggriffe, flinke Boys, geschulte Portiers besorgen den Betrieb. Dieses Tempo braucht die moderne Kunst. Sie findet es nirgends anders. Der Reichtum der traditionellen Kunststätten hemmt sie. Man kann nichts damit anfangen. Wenn die Kunst das gegenwärtige Debakel überlebt, wird ganz gewiß Wien oder Dresden unschuldig daran sein. Berlin hat die Kräfte der Kolonisten Amerikas, liegt aber mitten in Europa.“

Das Wort vom Debakel läßt aufhorchen. Erklärbar wird es durch das Jahr, aus dem die zitierten Sätze stammen, 1914. Der Weltkrieg hatte begonnen.

Seit dem 1. Oktober 1920 hatte die Reichshauptstadt zwanzig Bezirke. Ehemals selbständige Städte wie Spandau, Wilmersdorf, Schöneberg und Neukölln waren nunmehr eingemeindet, der neue Offizialname lautete Groß-Berlin, und die Gesamteinwohnerzahl betrug fast 3,9 Millionen. Damit gehörte Berlin zu den drei bevölkerungsreichsten Städten in der gesamten damaligen Welt.

Der große Krieg war seit knapp zwei Jahren vorüber. Der Hausherr des im Stadtmittelpunkt befindlichen Schlosses war schmählich demissioniert und lebte als verbitterter Holzfäller in den Niederlanden. Das Deutsche Reich war eine Republik und höchster Souverän das Volk, das sich durch den Reichstag vertreten ließ.

In den 23 Monaten zwischen Kriegsende und Vollzug der Eingemeindung hatte die Stadt die Verkündung von gleich zwei Republiken erlebt: der tatsächlich existierenden (durch Philipp Scheidemann) und einer utopisch sozialistischen (durch Karl Liebknecht). Es hatte massenhaft Demonstrationen gegeben, einen Bürgerkrieg gegen aufmüpfige Linke und den Generalstreik gegen einen Putsch von rechts. Berlin war weiterhin Verwaltungshauptstadt von Preußen, das, nun nicht mehr Königreich, größter Teilstaat des Deutschen Reiches geblieben war.

Das erste aus allgemeinen, freien und gleichen Wahlen hervorgegangene Stadtparlament war mehrheitlich von den Linksparteien besetzt, Oberbürgermeister wurde ein Sozialdemokrat. Bei dem „roten Berlin“ blieb es bis zum Ende der Republik von Weimar, ungeachtet eines ständigen Abbröckelns der einst stolzen linken Mehrheiten und eines allmählichen Anwachsens der politischen Rechten. Mit der lieferte sich die Linke regelmäßige Straßenschlachten, manchmal mit Toten, die dann von ihren Kombattanten als politische Märtyrer ausgerufen wurden. Es konnte jedoch auch geschehen, daß sich extrem Rechte und extrem Linke zu einer konzertierten Aktion zusammenfanden, so

Das *Berliner Tageblatt* aus dem Verlagshaus Mosse war die angesehenste Zeitung der Stadt, Theodor Wolff (1868–1943) mehr als ein Vierteljahrhundert lang ihr Chefredakteur. Tucholsky hatte wiederholt mit ihm zu tun; Wolff machte ihn unter anderem zum Chef des Satireblattes *Ulk*.

1932 im Falle des Streiks der Berliner Verkehrsbetriebe, den KPD und NSDAP einvernehmlich organisierten.
Bei solchen Gelegenheiten ließ sich selbst in dieser Stadt wahrnehmen, wie gering der Rückhalt der deutschen Republik bei den Leuten war. Die übrige Zeit bemerkte man dies kaum. Während landauf, landab durch das Reich Demokratieverdrossenheit wogte, simulierte die Hauptstadt eine grundsätzliche und mehrheitliche Zustimmung. Aus dem Erfordernis, sehr unterschiedliche Erscheinungen in einen urbanistischen Rahmen zu bringen, benahm sie sich pluralistisch, was fast schon demokratisch bedeutete, und sie wirkte tolerant, auch wo es sich in Wahrheit bloß um flächendeckende Gleichgültigkeit handelte.
Die war immerhin angenehmer als die sonst im Reich wütenden Aggressionen gegen Fremdes. Berlin hielt weiter an seiner Praxis fest, Zuwanderer und Immigranten aufzunehmen, und wie andere moderne Großstädte kannte das Berlin der zwanziger Jahre ausländische Kolonien die Menge. Es gab die Skandinavier, die eine eigene kirchliche Gemeinde hatten. Es gab die US-Amerikaner, für die Berlin neben Paris zum zweiten europäischen Stützpunkt wurde. Der jüdische Zuzug aus Osteuropa hielt an, und vor allem gab es die geflüchteten Russen.

Nach 1918 ging die große Zeit des Expressionismus vorüber. Der folgende, alle Künste prägende Stil hieß Neue Sachlichkeit. George Grosz war einer ihrer Protagonisten. Seine Blätter waren gleichsam ins Graphische übersetzter Tucholsky.

Sie waren vor der bolschewistischen Oktoberrevolution davongelaufen, Kosaken, Bourgeois, Aristokraten, Menschewiken, und ließen sich bevorzugt im neuen westlichen Stadtteil Charlottenburg nieder, der darum bei Eingeweihten auch den Namen Charlottengrad trug. Die russische Kolonie ging in die Zehntausende, hatte eigene Zeitungen, Zeitschriften und Buchverlage, eigene Etablissements und Bühnen, und der russische Großfürst, der in zaristischer Generalsuniform und mit würdiger Haltung als Türsteher eines Berliner Nachtlokals niedere Dienste tat, war ein beliebtes Stereotyp.
Die Blätter mit den kyrillischen Lettern lagen an den Kiosken neben den Berliner Zeitungen. Die drei großen Verlagshäuser des Vorkriegs, Scherl, Ullstein und Mosse, existierten weiterhin, wobei Ullstein noch beträchtlich expandierte, während Scherl mittlerweile in den Besitz des Deutschnationalen Alfred Hugenberg übergegangen war. Daneben gab es den neuen Konzern des kommunistischen Pressezaren Willi Münzenberg, und es gab zahllose kleine und kleinste Editionshäuser, wie jenes, das die roten Hefte der *Weltbühne* publizierte. Auch der allgemeine kulturelle Anspruch war nicht nur geblieben, sondern gegenüber dem Vorkrieg noch beträchtlich gewachsen. Das Berlin zwischen 1919 und 1933 galt als Welthauptstadt der Moderne. Es vertrat damit einen Anspruch, den zuvor Paris gehalten hatte (und der später auf New York überging). Zahl und künstlerisches Angebot der in der Stadt beheimateten Bühnen waren außerordentlich, Max Reinhardt und Leopold Jessner sind nur zwei der international prominenten Namen. Vergleichbares galt für den Musikbetrieb in Konzert und Oper, für die bildenden Künste, für die schöne Literatur.

Das wichtigste Künstler- und Literatencafé der Stadt befand sich nahe der Gedächtniskirche in Charlottenburg. Es hieß Romanisches Café – hier auf einem Gemälde Willy Jäckels aus dem Jahre 1912 – und war das Berliner Gegenstück zum Münchner Café Größenwahn und zum Wiener Café Central.

Die Strömung, die den Expressionismus abgelöst hatte, trug den Namen Neue Sachlichkeit. Der Ausdruck von Gefühlen wich dem Bemühen um die objektive Darstellung der Realität.
In jenen Jahren war der Kurfürstendamm die wahrscheinlich berühmteste Flaniermeile der Welt. Das Romanische Café an der Gedächtniskirche versammelte mehr an Talenten als das ehrwürdige Café Central in Wien. Die Amüsierbetriebe, von den Großvarietés über die Five o'clock tea-Dielen großer Hotels bis hin zu den kleinen feinen American Bars und den miesen Spelunken, übertrumpften mühelos London und New York. Der Potsdamer Platz war verkehrsreichster Platz Europas, und das auffälligste Gebäude an ihm, das Columbus-Haus, hatte als Architekten den Berliner Erich Mendelssohn, einen aus der Riege bedeutender Baumeister, die in der Stadt zugange waren, von Gropius und den Brüdern Taut bis zu Mies van der Rohe. Berlin war sehr aufregend und wußte das. Es war selbstbezogen und selbstverliebt bis zur Fahrlässigkeit.
„Es gibt einen Grund", sagte der Augsburger Bertolt Brecht, „warum man Berlin anderen Städten vorziehen kann: weil es sich ständig verändert. Was heute schlecht ist, kann morgen gebessert werden. Meine Freunde und ich wünschen dieser großen und lebendigen Stadt, daß ihre Intelligenz, ihre Tapferkeit und ihr schlechtes Gedächtnis, also ihre revolutionärsten Eigenschaften, gesund bleiben."
Das stammt aus dem Jahre 1928. Der Dichter hatte soeben den Uraufführungserfolg seiner „Dreigroschenoper" hinter sich gebracht, natürlich an einem Berliner Haus, dem Theater am Schiffbauerdamm, und die feine Gesellschaft trällerte entzückt seine provokanten Verse „Nur wer im Wohlstand lebt, lebt angenehm" oder „Erst kommt das Fressen, dann kommt die Moral".

Der Potsdamer Platz war an der Stelle eines später abgerissenen Stadttors entstanden. Von hier aus fuhr 1838 die erste Berliner Eisenbahn: nach Potsdam. In den zwanziger Jahren galt der Platz als verkehrsreichste Kreuzung Europas.

Berlin besaß damals eine Vielzahl literarischer Chronisten, und der wahrscheinlich genaueste unter ihnen war Franz Hessel, dessen literarische Spaziergänge den Typ des Flaneurs, den Charles Baudelaire für das Paris des 19. Jahrhunderts entworfen hatte, in die Stadt an der Spree holten. „Sicherlich", so schrieb er, „ist in anderen Städten der Lebensgenuß, das Vergnügen, die Zerstreuung bemerkenswerter. Dort verstehen es vielleicht die Leute, sich sowohl ursprünglicher als auch gepflegter zu unterhalten. Ihre Freuden sind sichtbarer und schöner. Dafür hat aber Berlin seine besondere und sichtbare Schönheit, wenn und wo es arbeitet. In seinen Tempeln der Maschine muß man es aufsuchen, in seinen Kirchen der Präzision."
Der Feuilletonist Alfred Polgar, ein Mann von vergleichbarem Temperament, doch im Unterschied zu Hessel ein Wiener, scheint darauf replizieren zu wollen:
„Alle Einwohner Berlins sind intensiv mit ihrer Beschäftigung beschäftigt. Alle nehmen sie und sich furchtbar ernst, was ihnen einen leicht komischen Anstrich gibt. Auch die Müßiggänger gehen nicht schlechthin müßig, sondern sind damit beschäftigt, müßig zu gehen, auch die nichts arbeiten, tun dies im Schweiße ihres Angesichts ... Von den Spannungen im Reich wetterleuchtet es auf den Straßen nur unmerklich. Die Bevölkerung hat ins Gefühl der Sicherheit zurückgefunden, das nur manchmal durch den Taktschritt der zum Schutz jener Sicherheit vorhandenen Reichswehr erschüttert wird ... Berlin, lautes, eckiges, liniiertes, zerfilmtes Berlin, unsüße, unbarmherzige, scharfe, gierig wollende, mit Zähnen und Fäusten das Leben haltende Stadt, ich gedenke liebevoll dein ...
Das wurde 1922 geschrieben. Der Gestus des Nachrufs, der hier sanft erkennbar wird, erwies sich als überaus prophetisch. Elf Jahre später, der Österreicher Alfred Polgar würde ein betroffener Augenzeuge sein, ging es mit diesem Berlin, dieser Art von Berlin jählings zu Ende.

Während der wärmeren Jahreszeit ging Berlin „in't Jrüne". Ziel waren bevorzugt die Wälder und Seen in Stadtnähe. Es gab Freibäder im vornehmeren Westen wie im ärmeren Osten, die, wie das Foto von 1930 beweist, nicht allein dem Schwimmen dienlich waren.

Die Oberbaumbrücke über die Spree zwischen Kreuzberg und Friedrichshain wurde von 1894 bis 1896 errichtet, im Stil der märkischen Backsteingotik und mit reichem figürlichem Schmuck. Ab 1902 fuhr über sie auch die Hochbahn. Im Zweiten Weltkrieg zerstört, wurde sie wieder instand gesetzt. An ihrem westlichen Brückenkopf verlief bis 1990 die Demarkationslinie zwischen dem Ostteil und dem Westen Berlins.

Riehmers Hofgarten, benannt nach seinem Erbauer, befindet sich im heutigen Bezirk Kreuzberg. Mit diesem zwischen 1881 und 1892 entstandenen Komplex wurde erstmals für Berlin eine Alternative zur üblichen Mietskaserne realisiert. 20 fünfgeschossige Wohnhäuser umschließen gärtnerisch sorgsam ausgestaltete Höfe.

10c

Das Haus Neue Schönhauser Straße 8, auch, nach seinem Dekor, „Haus mit den drei Mädchenköpfen“ genannt, ist eine Schöpfung des Gontardschülers Unger und eines der wenigen erhaltenen spätbarocken Wohnhäuser Berlins.

Innenraumbäder blieben zur Zeit der Jahrhundertwende selbst in gutbürgerlichen Wohnanlagen eher die Ausnahme. Man stellte freitags eine Zinkwanne in die Küche oder ging ins Badehaus. Manche dieser Einrichtungen – hier: das Stadtbad Prenzlauer Berg in der Oderberger Straße – warben mit auffälliger Architektur.

Berlins vielleicht berühmteste Straße ist der Kurfürstendamm. Hervorgegangen aus einem Reitweg zum Jagdschloß Grunewald, wurde er ab 1883 zur Prachtstraße ausgestaltet – übrigens auf Anregung Bismarcks. Kurt Tucholsky verkaufte hier Ende 1912 in einer spektakulären Aktion sein erstes Buch: „Rheinsberg – Ein Bilderbuch für Verliebte“.

Die Hackeschen Höfe am Rande des Scheunenviertels. Das Werk des Architekten Endell zeigt die vielleicht schönste Jugendstilarchitektur Berlins. In dem 1906 eröffneten Komplex wurde das Prinzip des Berliner Wohn- und Gewerbehofs auf 10 000 Quadratmeter Grundfläche luxuriös variiert.

Von den meisten der früheren Stadttore im Berliner Raum hat sich nurmehr der Name erhalten. Das Schlesische Tor lag einst im heutigen Kreuzberg, nahe dem Spreeufer. An seiner Stelle befindet sich der gleichnamige U-Bahnhof, der kurz nach der Jahrhundertwende für die neue Bahnverbindung von Charlottenburg nach Friedrichshain – die älteste U- und Hochbahnlinie Berlins – errichtet wurde.

1896

Die in der Havel in Zehlendorf gelegene Pfaueninsel beherbergt hundert Pfauen: des Namens wegen. Der rührt freilich von „Pagen" her, einem alten Wort für Pferde, denn hier wurden einst Rösser gehalten. Dann haben hier die Hohenzollern ein Lustschloß im Ruinenstil gebaut. „Das waren deine Herren, Deutschland!" schrieb Tucholsky. „Gelüstet es dich wieder nach ihnen?"

Der 1890 geborene Publizist und Schriftsteller Kurt Tucholsky würde sowohl das Berlin des Kaiserreichs als auch das der Weimarer Republik erleben. Es würde sein wichtigster Aufenthaltsort bleiben und der Platz seiner erheblichsten literarisch-politischen Impulse.
Er kam im Stadtteil Moabit zur Welt, in der Lübecker Straße. Sein Vater, Alex, war ein erfolgreicher Geschäftsmann, seine Mutter Doris eine entfernte Verwandte ihres Ehemanns. Der Verbindung würden noch weitere drei Kinder entstammen, Kurt war der älteste. Die Tucholskys wechselten häufig die Wohnung, ihre nächste Adresse lautete Holsteiner Ufer im Stadtteil Moabit. Kurt zählte drei Jahre, als die Familie für längere Zeit nach Stettin verzog. Er verliebte sich in die Ostseeküstenlandschaft, es wurde daraus eine Zuneigung fürs Leben. In Stettin begann er mit dem Besuch der Volksschule, und als er das Alter hatte, aufs Gymnasium zu gehen, kehrten die Tucholskys nach Berlin zurück.
Sie wohnten nun im alten Zentrum, in der Dorotheenstraße. Vater Alex würde hier einen bemerkenswerten beruflichen Aufstieg nehmen und am Ende Direktor der Berliner Handelsgesellschaft sein, einer bedeutenden kaufmännischen Einrichtung. Der junge Kurt liebte seinen Vater, einen empfindsamen, zärtlichen und auch künstlerisch begabten Menschen. Dominant im Hause, schon wegen der häufigen Abwesenheiten von Alex Tucholsky, wurde die Mutter. Sie war eine energische und eher gefühlskalte Person. Eine im Jahre 1914 über die Aufführung eines Strindbergstückes verfaßte Theaterkritik Tucholskys enthält ein Schauspielerinnenportrait, das, darüber herrscht Einigkeit, auf seine Mutter zutrifft:
„Sie hockte auf ihren geretteten Scheiten Holz, die sie, vor Herrschsucht keuchend, aus dem Kamin gezogen hatte; sie stopfte sie unter das Sofa und saß knurrend da, wie ein Hund über dem Knochen. Es handelte sich gar nicht um das Holz; sie hatte ihren Willen, ihren verfluchten Willen … Es war die unbändige Herrschsucht der Familienglucke, die auf Küken und Hahn gleichmäßig hackte. Früher hatte die Geliebte dem Mann die Augen zugeküßt … nun errichtete sie Schranken der heimatlichen Hütte, worin sie regierte. Hier war ihr Reich … hier herrschte sie, mit allen Mitteln. Mit Gewalt, mit Schlägen, mit der Lüge …“
Seine Kindheit, das ist zu sehen, war problematisch, was mit dieser Mutter, aber wohl auch damit zu tun hatte, daß er seinerseits ein problematisches Kind war.
Die höhere Lehranstalt, die er besuchte, war das Französische Gymnasium. Wir haben es hierbei mit einer bürgerlichen Eliteanstalt von beträchtlichem Alter und Anspruch zu tun. Im 17. Jahrhundert als *Collège royal français* gegründet, durch die Gemeinde der nach Berlin emigrierten Hugenotten, unterrichtete es zweisprachig; ein berühmter Absolvent war übrigens der Dichter Adelbert von Chamisso. Das Gebäude befand sich in der Niederwallstraße. Der Schulbetrieb galt im Kaiserreich als liberal und war deswegen den häufigen Anfeindungen konservativer Kreise ausgesetzt. Aber was heißt hier liberal? Wer das französische Schulsystem kennt, weiß etwas von den unerbittlichen Leistungszwängen, die dort herrschen und die sich mit den gewöhnlichen Vorstellungen von Liberalität nur mühsam decken. Tucholskys Erinnerungen an seine Gymnasialzeit klingen dem gemäß:

Im Haus Nr. 13 der Lübecker Straße, Stadtteil Berlin-Moabit, wohnten der wohlhabende jüdische Kaufmann Alex Tucholsky und seine Ehefrau Doris, als ihr Sohn Kurt, ältestes von hernach drei Kindern, am 9. Januar 1890 zur Welt kam (oben). Die Tucholskys waren für einige Zeit nach Stettin gezogen. 1896 wurde der kleine Kurt dort eingeschult (unten). Es war dies, unter anderem, eine Rückkehr zu den familiären Ursprüngen: der Vater stammte aus Pommern.

Vermutlich geprägt durch seine kindlichen Jahre in Pommern, mit Urlaubssommern zum Beispiel in Mistroy auf Wollin, blieb Kurt Tucholsky sein Leben hindurch ein passionierter Besucher von Seestränden und Küstenlandschaften. Unsere Aufnahme zeigt den Halbwüchsigen in Warnemünde.

„Nein, gehauen hat man uns nicht. Es war auch nicht romantisch gewesen, niemand schoß sich tot, wenn er sitzen blieb, und von Frühlings Erwachen war gar keine Rede ... Langweilige Pedanten gab es überall, Unzulänglichkeiten der Lehrer, viele Fehler, wir waren auch nicht die Besten. Aber was hat man uns denn gelehrt –? Was hat man uns beigebracht –? Nichts. Nicht einmal richtig denken, nicht einmal richtig sehen, richtig gehen, richtig arbeiten – nichts, nichts, nichts. Wir sind keine guten Humanisten geworden und keine guten Praktiker – nichts."
Solchem Negativurteil ist verschiedentlich widersprochen worden, man hat behauptet, es verstehe sich daher, daß der junge Tucholsky ein schlechter, weil ziemlich arbeitsscheuer Schüler gewesen sei. Jedenfalls blieb er sitzen, bestand unter Mühen und Nachhilfen die mittlere Reife und absolvierte schließlich sein Abitur an einer anderen, vergleichsweise weniger exklusiven Erziehungsanstalt, dem Wilhelms-Gymnasium.
Schon vorher aber, 1907, veröffentlichte er seinen ersten Text. Dies geschah im *Ulk*, einer Beilage des *Berliner Tageblatts*. Das Prosastück heißt „Märchen" und geht so:
„Es war einmal ein Kaiser, der über ein unermeßlich großes, reiches und schönes Land herrschte. Und er besaß wie jeder andere Kaiser auch eine Schatzkammer, in der inmitten all der glänzenden und glitzernden Juwelen auch eine Flöte lag. Das war aber ein merkwürdiges Instrument. Wenn man nämlich durch eines der vier Löcher in die Flöte hineinsah – oh! Was gab es da alles zu sehen! Da war eine Landschaft darin, klein, aber voll Leben: eine Thomasche Landschaft mit Böcklinschen Wolken und Leistikowschen Seen.

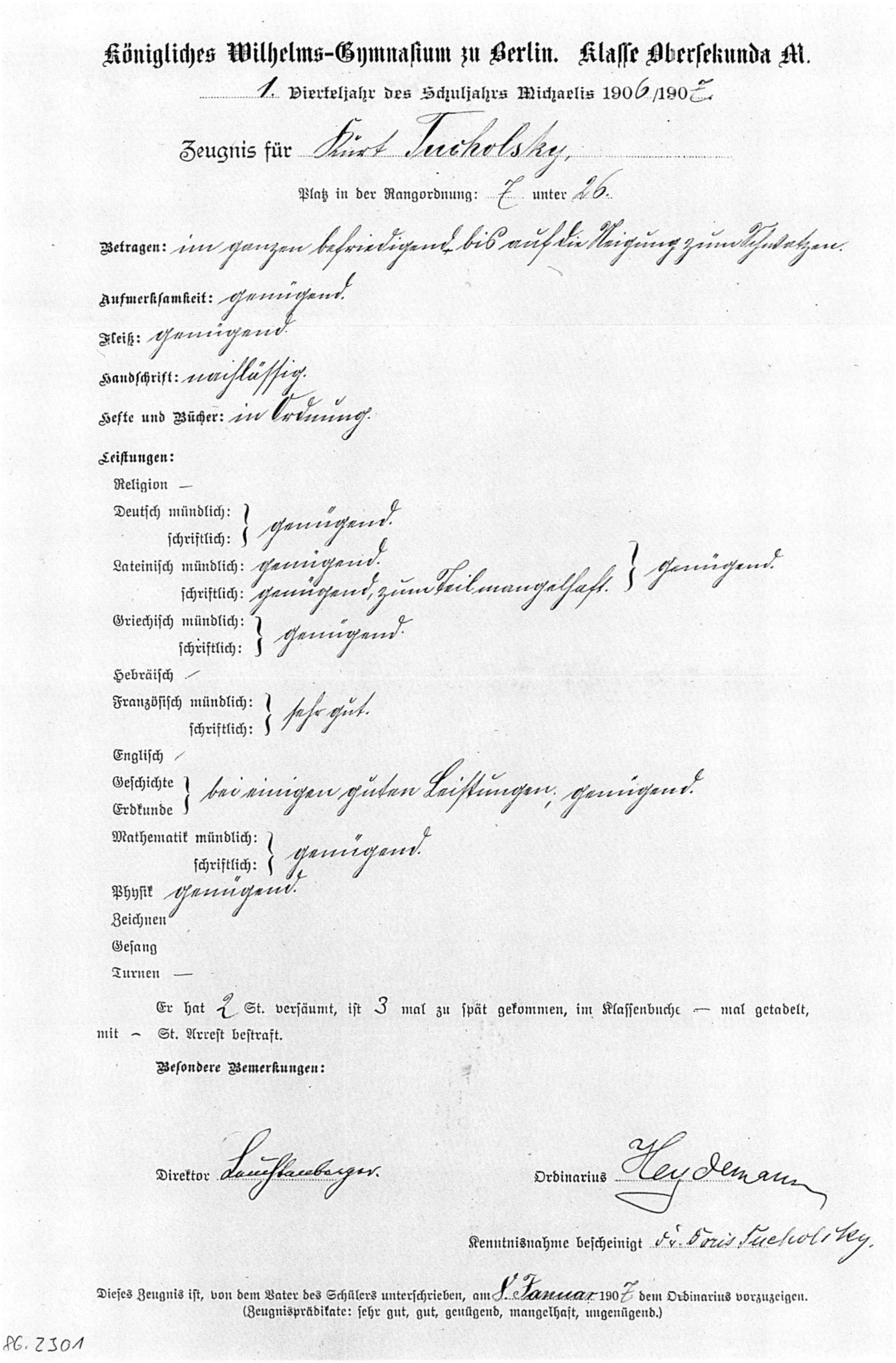

Königliches Wilhelms-Gymnasium zu Berlin. Klasse Obersekunda M.

1. Vierteljahr des Schuljahrs Michaelis 1906/1907.

Zeugnis für Kurt Tucholsky.

Platz in der Rangordnung: 7 unter 26.

Betragen: im ganzen befriedigend, bis auf die Neigung zum Schwatzen.

Aufmerksamkeit: genügend.

Fleiß: genügend.

Handschrift: nachlässig.

Hefte und Bücher: in Ordnung.

Leistungen:

Religion —

Deutsch mündlich: / schriftlich: } genügend.

Lateinisch mündlich: genügend. / schriftlich: genügend, zum Teil mangelhaft. } genügend.

Griechisch mündlich: / schriftlich: } genügend.

Hebräisch —

Französisch mündlich: / schriftlich: } sehr gut.

Englisch —

Geschichte / Erdkunde } bei einigen guten Leistungen, genügend.

Mathematik mündlich: / schriftlich: } genügend.

Physik genügend.

Zeichnen

Gesang

Turnen —

Er hat 2 St. versäumt, ist 3 mal zu spät gekommen, im Klassenbuche — mal getadelt, mit — St. Arrest bestraft.

Besondere Bemerkungen:

Direktor [illegible] Ordinarius Heydemann

Kenntnisnahme bescheinigt [illegible] Doris Tucholsky

Dieses Zeugnis ist, von dem Vater des Schülers unterschrieben, am 8. Januar 1907 dem Ordinarius vorzuzeigen.
(Zeugnisprädikate: sehr gut, gut, genügend, mangelhaft, ungenügend.)

86.2301

Tucholsky war ein mäßiger Schüler. Den Besuch des angesehenen Französischen Gymnasiums in Berlin mußte er abbrechen. Das Abitur bestand er, mehr schlecht als recht, auf dem Königlichen Wilhelms-Gymnasium; hier das (ziemlich glanzlose) Weihnachtszeugnis des Obersekundaners von 1906.

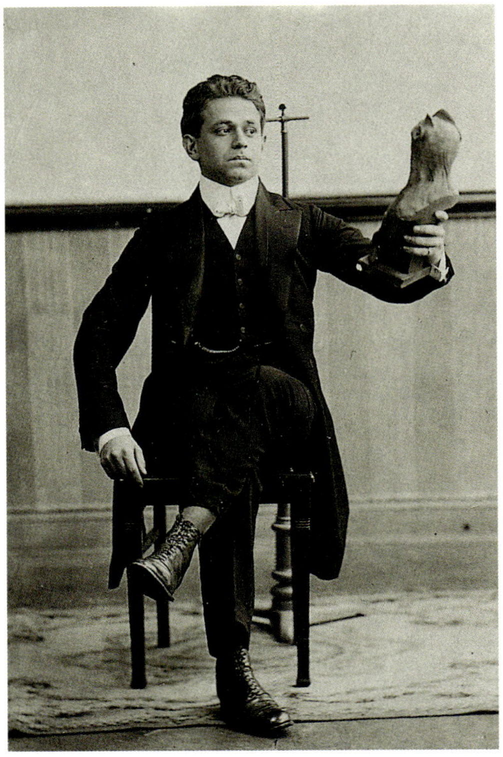

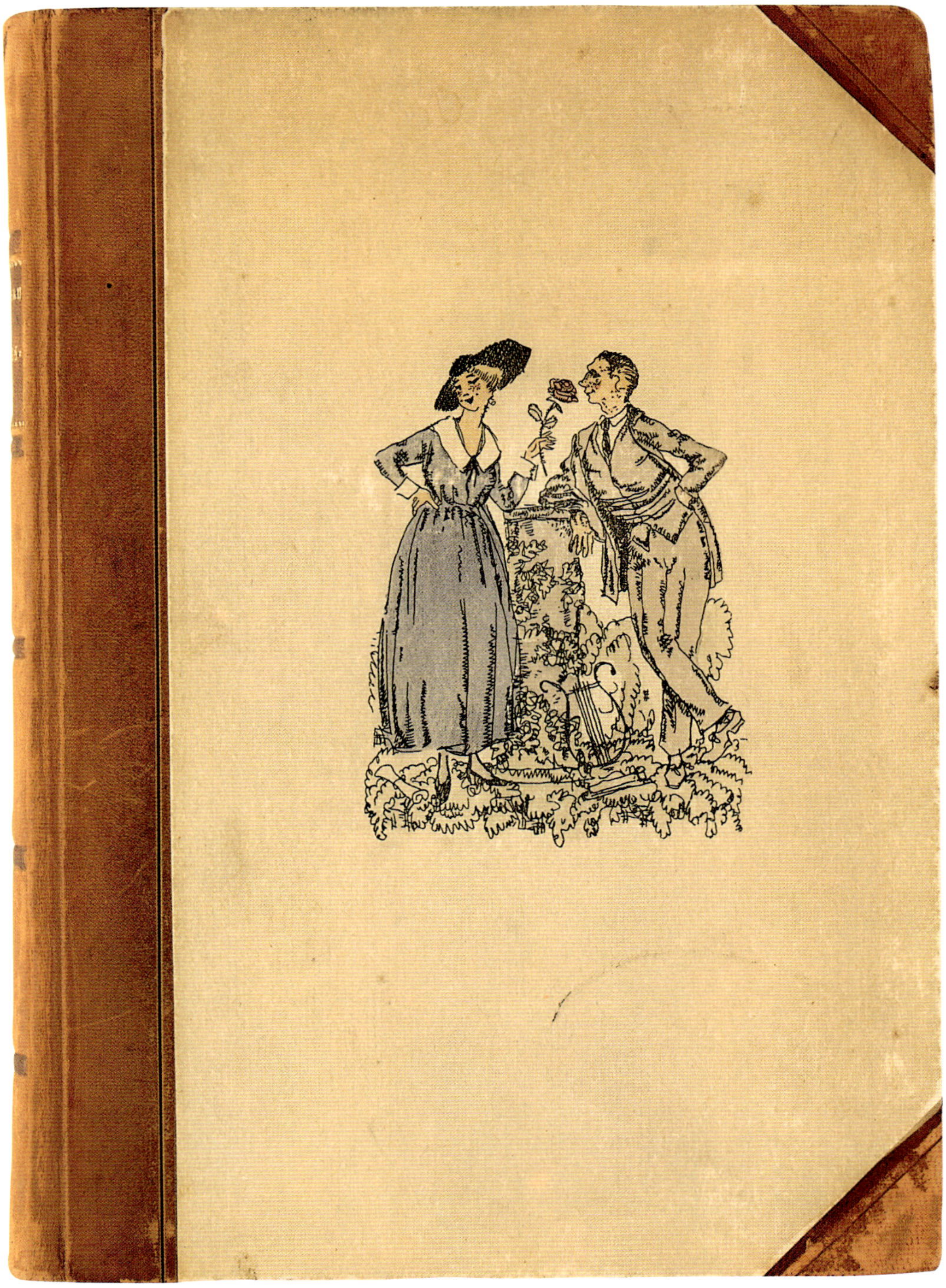

Reznickesche Dämchen rümpften die Nasen über Zillesche Gestalten, und eine Bauerndirne Meuniers trug einen Arm voll Blumen Orliks – kurz, die ganze moderne Richtung war in der Flöte.
Und was machte der Kaiser damit? Er pfiff drauf.“
Diese kleine Skizze enthält bereits den gesamten späteren Tucholsky, in der Sprache sowohl wie im Inhalt. Kein Zweifel, daß der Kaiser, der hier mit der narrativen Gebärde Hans Christian Andersens vorgeführt wird, niemand anders als Wilhelm II. aus dem Hause Hohenzollern ist, dessen Verständnis sich in den Bildern des Historienmalers Anton von Werner erschöpfte und dessen Abscheu vor Produkten der ästhetischen Moderne notorisch war. Wenn hier freilich Thoma und Böcklin in einem Atemzug mit Orlik genannt und gar mit Reznicek, dem Spezialisten fürs Galante aus dem *Simplicissimus,* zusammengenommen werden, zeugt dies von einem etwas sonderbaren Kunstgeschmack des jungen Autors. Nicht zu übersehen ist auch, daß es möglich war, eine solche Äußerung öffentlich vorzutragen. Die Liberalität im Kaiserreich war viel größer, als das schneidige Auftreten des Monarchen befürchten ließ.
Ab 1909 war Tucholsky Student. Er immatrikulierte sich an der Berliner Universität, die damals nach ihrem königlichen Gründer Friedrich Wilhelm hieß und heute den Namen Wilhelm von Humboldts trägt. Er studierte die Rechte. Mit der Ausnahme eines Semesters in Genf, das wohl vor allem der am Französischen Gymnasium erworbenen Sprachkenntnis zugute kam, blieb er in Berlin bis zu seiner Pro-

1909 ging für Tucholsky die Schulfron vorüber. Man sieht ihm die Erleichterung an. „Ich denke nicht mit Haß an meine Schulzeit zurück, – sie ist mir völlig gleichgültig geworden, Schultragödien haben wir nie gehabt, furchtbare Mißstände auch nicht. Aber schlechten Unterricht.“

1912 erschien Tucholskys erstes, von Kurt Szafranski illustriertes Buch „Rheinsberg“. Es würde die erfolgreichste Veröffentlichung seiner gesamten literarischen Karriere werden; Generationen von Paaren haben sich danach „vom Blatt geliebt“. Vorbild der Heldin Claire Pimbusch war die spätere erste Ehefrau Else Weil.

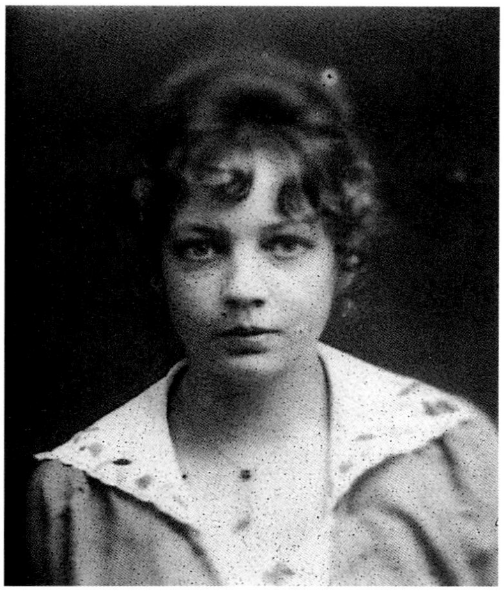

motion, die nun freilich nicht an dieser Hochschule erfolgte, sondern, und auch dies erst beim zweiten Anlauf, 1915 in Jena. Die dortige Alma mater muß so etwas wie ein Auffangbecken für hoffnungslose Doktoranden gewesen sein, schon seit längerem, denn in ähnlicher Weise hatte dort ein Dreivierteljahrhundert zuvor Karl Marx promoviert.

Das Studium war für Tucholsky in zweierlei Hinsicht bedeutsam. Seine Rechtskenntnisse waren ausführlich genug, daß sie ihm in der Zukunft, und zwar gleich zweimal, das Leben erleichtern sollten. Außerdem erlebte er im Repetitorium als Beispielsfiguren die Herren Theobald Tiger und Peter Panter. Er würde die Namen zu seinen Pseudonymen machen.

1912 erschien sein erstes Buch, „Rheinsberg", mit dem Untertitel: „Ein Bilderbuch für Verliebte". Der Untertitel verstand sich auch daher, daß das Werklein in der Tat illustriert war, von Kurt Szafranski. Die Besprechungen fielen überaus wohlwollend aus, der buchhändlerische Erfolg war groß, Verfasser und Graphiker machten sich noch ein zusätzliches Vergnügen, indem sie auf dem Kurfürstendamm eine Bücherbar eröffneten: Wer dort ein Exemplar „Rheinsberg" erwarb, erhielt einen Gratisschnaps ausgeschenkt.

Die wichtigste unter den verschiedenen Frauen und Freundinnen von Kurt Tucholsky wurde zweifellos Mary Gerold, die er 1917 kennenlernte, also während des Ersten Weltkriegs; zu dieser Zeit war er Soldat. Die beiden heirateten später. Die Ehe war nicht von langer Dauer.

Der Studentenspaß, der dies war, wurde schon bald beendet, da er ins Geld lief, doch erfuhr bei dieser Gelegenheit die Person des jungen Kurt Tucholsky eine bemerkenswerte Beschreibung, verfaßt von dem damals noch kaum bekannten Franz Kafka:

„Tucholsky und Szafranski. Das gehauchte Berlinerisch, in dem die Stimme Ruhepausen braucht, die von ‚nich' gebildet werden. Der erste ein ganz einheitlicher Mensch von einundzwanzig Jahren. Vom gemäßigten und starken Schwingen des Spazierstocks, das die Schulter jugendlich hebt, angefangen bis zum überlegten Vergnügen und Mißachten seiner eigenen schriftstellerischen Arbeiten. Will Verteidiger werden, sieht nur wenige Hindernisse gleichzeitig mit der Möglichkeit ihrer Beseitigung: seine helle Stimme, die nach dem männlichen Klang der ersten durchredeten halben Stunde angeblich mädchenhaft wird – Zweifel an der eigenen Fähigkeit zur Pose, die er sich aber von größerer Welterfahrung erhofft – endlich Angst vor einer Verwandlung ins Weltschmerzliche, wie er es an älteren Berliner Juden seiner Richtung bemerkt hat, allerdings spürt er vorläufig gar nichts davon … Gestern abend auf dem Nachhauseweg hätte ich mich als Zuschauer mit Tucholsky verwechseln können. Das fremde Wesen muß dann in mir so deutlich und unsichtbar sein wie das Versteckte in einem Vexierbild, in dem man auch niemals etwas finden würde, wenn man nicht wüßte, daß es drin steckt."

Diese fast schon unheimliche Faszination und innere Nähe der beiden juristischen Belletristen beruhte auf Gegenseitigkeit. Tucholsky würde später drei Bücher Kafkas besprechen, in geradezu hymnischem Tonfall, und wohl als erster würde er die stilistische Verwandtschaft des Prager Dichters zu Kleist erkennen und auch deswegen den außerordentlichen Rang dieses Erzählers behaupten.

Der vor allem durch den Erfolg von „Rheinsberg" so rasch bekannt gewordene Kurt Tucholsky betrieb neben seinem Studium der Rechte eine rege Tätigkeit als Publizist. Das hielt an bis zur Promotion und verstärkt sich noch etwas danach, wobei jenes Danach eine erhebliche Ein-

Armut und Wohlstand während der Inflationsjahre in Berlin. Tucholsky: „Sie reichen euch manchen Almosen hin/unter christlichen frommen Gebeten;/sie pflegen die leidende Wöchnerin,/denn sie brauchen ja die Proleten./Sie liefern auch einen Armensarg …/Das ist der Pfennig. Und wo ist die Mark?"

Eine Ankaufstelle für Abfallstoffe im Berlin der Inflation. Tucholsky: „Denn für die Arbeit ist der Mensch auf der Welt … Ob sie einen Sinn hat, ob sie schadet oder nützt, ob sie Vergnügen macht (‚Arbeet soll Vajniejen machen? Ihnen piekt er woll?‘) –: das ist alles ganz gleich.“

Siegfried Jacobsohn (1881–1926) galt neben Alfred Kerr als der wohl wichtigste Theaterkritiker Deutschlands im ersten Viertel des Jahrhunderts. Er setzte sich besonders für das postnaturalistische Drama ein. Seine Zeitschrift, die spätere *Weltbühne*, war zunächst als ein reines Bühnenblatt gedacht.

schränkung der persönlichen Freiheiten mit sich brachte, denn inzwischen war der Erste Weltkrieg ausgebrochen, und Tucholsky wurde Soldat.

Er war zunächst Armierer, spätere deutsche Armeen würden diesen Truppenteil unter dem Namen Pioniere führen. Ein Offizier entdeckte Tucholskys juristische Kenntnisse und holte ihn sich in die Schreibstube. Tucholsky tat Dienst erst im Baltikum, dann in Rumänien, und drei Dinge wurden in dieser Zeit für ihn bedeutsam: die Bekanntschaft mit Mary Gerold, die später seine zweite Frau wurde; die Bekanntschaft mit zwei hernach lebenslangen Freunden, Erich Danehl und Hans Fritsch, die als Karlchen und Jakopp Eingang in Tucholskys Prosa fanden; schließlich die rasch anwachsende und bald sehr grundsätzliche Abscheu vor dem Krieg und denen, die ihn betreiben, also dem Militär.

Der Heimkehrer Tucholsky nahm seine literarisch-publizistische Arbeit mit verstärkten Kräften auf, und die Resultate waren erheblich. Am Ende seines bloß fünfundvierzigjährigen Lebens würde er um die zweieinhalbtausend Texte verfertigt haben. Er suchte sich Pseudonyme, Begründung: „Eine kleine Wochenschrift mag nicht viermal denselben Mann in einer Nummer haben, und so entstanden, zum Spaß, diese homunculi … Und es war auch nützlich, fünfmal vorhanden zu sein – denn wer glaubt in Deutschland einem politischen Schriftsteller Humor?“

Die homunculi waren außer Tiger und Panter noch Ignaz Wrobel und Kaspar Hauser, nur ein relativ kleiner Teil der Texte erschien unter Tucholskys wahrem Namen. Die Charakteristiken seiner vier Pseudonyme aber beschrieb er so:

„Wrobel, einen essigsauren, bebrillten, blaurasierten Kerl, in der Nähe eines Buckels und roter Haare; Panter, einen beweglichen, kugelrunden, kleinen Mann; Tiger sang nur Verse, waren keine da, schlief er – und nach dem Kriege schlug noch Kaspar Hauser die Augen auf, sah in die Welt und verstand sie nicht. Eine Fehde zwischen ihnen wäre durchaus möglich.“ Die Sache war mehr als nur eine Spielerei: „Pseudonyme sind wie kleine Menschen; es ist gefährlich, Namen zu erfinden, sich für jemand anderes auszugeben, Namen anzulegen – ein Name lebt. Und was als Spielerei begann, endete als heitere Schizophrenie.“

Man hat rechtens darauf hingewiesen, daß es im tiefsten Grunde eine seelische Gefährdung war, die sich hier äußerte, und wiewohl bald bekannt wurde, wer sich hinter diesen vier Namen verbarg, hielt Tucholsky hartnäckig an ihnen fest. In der gesamten Weltliteratur gibt es für dieses Verhalten nur eine, allerdings bezeichnende Parallele: den portugiesischen Dichter Fernando Pessoa, der ab 1914 unter vier Pseudonymen schrieb, die je eigene Stilrichtungen vertraten.

Tucholskys Berliner Wohnung befand sich im Stadtteil Wilmersdorf, in der Nachodstraße. Sein Vater war gestorben, und er hatte seither ein beträchtliches Erbe zur Verfügung. Er neigte zur Dickleibigkeit, woran sich trotz angestrengtester Fastenkuren nichts ändern ließ, und alle Zeugen stimmen darin überein, daß er sich immer mit ausgesuchter Sorgfalt kleidete.

In Deutschland herrschte die Inflation, die wie andere Vermögen auch jenes von Kurt Tucholsky eilig aufzehrte, und plötzlich sah sich der bis dahin von materiellen Sorgen ziemlich befreite Autor der Notwen-

Die Weltbühne

Der Schaubühne XXIII. Jahr

Wochenschrift für Politik · Kunst · Wirtschaft

Begründet von Siegfried Jacobsohn
Herausgeber: Kurf Tucholsky

Inhalt:

Erscheint jeden Dienstag

XXIII. Jahrgang 5. April 1927 Nummer 14

Versandort: Potsdam

Verlag der Weltbühne

Charlottenburg · Kantstrasse 152

digkeit ausgesetzt, sein tägliches Brot mit Arbeit zu verdienen. Er heuerte 1923 bei einem Bankhaus an: Bett, Simon & Co., gelegen im alten Berliner Bankenviertel, in der Mauerstraße. Dabei muß man noch wissen, daß Bankchef Hugo Simon einmal Finanzminister in einer deutschen Reichsregierung gewesen war.

Seine Tätigkeit bei einem Kreditinstitut konnte er das Jahr darauf schon wieder aufgeben. Die deutsche Währung hatte sich stabilisiert, und Tucholsky schloß nun Verträge mit verschiedenen Redaktionen ab, die ihm die ökonomische Existenz als freier Schriftsteller ermöglichten. Er ging als Korrespondent nach Paris, und fortan würde er zumeist im Ausland leben, freilich mit Ausnahmen: Er würde zweimal verantwortlicher Herausgeber der *Weltbühne* sein – 1926, da der bisherige Chef des Blattes verstorben war, und 1932, da sich der neue Chef als politischer Häftling ins Gefängnis begab.

Ab 1929 hatte Tucholsky seinen ständigen Wohnsitz in Südschweden, in Hindås bei Göteborg. Er reiste weiterhin viel. Erich Kästner, der ihm unter den Zeitgenossen literarisch näher stand als irgendwer sonst, hat ihn damals getroffen:

„Der Mann, der da im Dachstübchen schwitzte, tippte und Pfeife rauchte, schuftete ja für fünf … Er teilte an der kleinen Schreibmaschine Florettstiche aus, Säbelhiebe, Faustschläge. Die Männer des Dritten Reiches … klopften ja damals schon recht vernehmlich an die Tür. Er zupfte sie an der Nase, er trat sie gegen das Schienbein, einzelne schlug er k. o. – ein kleiner dicker Berliner wollte mit der Schreibmaschine die Katastrophe aufhalten … Oft war er niedergeschlagen. Ein Gedanke quälte und verfolgte ihn. Der Gedanke, was aus dem freien Schriftsteller, aus dem Individuum im Zeitalter der Volksherrschaft werden solle. Er war bereit, dem arbeitenden Volk und dem Sozialismus alles zu geben, nur eines niemals: die eigene Meinung!“

1933 wurden in Deutschland seine Bücher verbrannt und verboten, er selbst wurde am 23. August ausgebürgert, zusammen mit Rudolf Breitscheid, Heinrich Mann, Ernst Toller und Alfred Kerr. Schon lange nicht mehr gesund, verschlimmerte sich bei ihm, trotz vielfacher Operationen, eine äußerst schmerzhafte Entzündung im Nasen- und Stirnhöhlenbereich. Schließlich konnte er nur noch mit der ständigen Einnahme von Betäubungsmitteln leben. Dies und seine allgemeine Depression, für die vor allem die politische Situation ursächlich war, ließen ihn schließlich nach dem Gift greifen, das er schon seit längerem bei sich führte. „Mit dem Tode ist alles aus. Auch der Tod?“ hatte er einmal ahnungsvoll gefragt. Kurt Tucholsky starb am 21. Dezember 1935 in Hindås. Er wurde beigesetzt auf dem Friedhof von Mariefred, am Ufer des Mälarsees, gegenüber von Schloß Gripsholm, dem er 1931 in seinem erfolgreichen Erzählbuch ein populäres Denkmal gesetzt hatte. Am Eingang des Friedhofs hängt heute ein Hinweis auf Tucholskys Grab, mit aufgezeichnetem Wegeplan. Auf dem Grabhügel liegen ständig von Besuchern mitgebrachte Blumen.

Die vor dem Ersten Weltkrieg als *Schaubühne* gegründete Wochenschrift in Dunkelrot wurde Tucholskys wichtigstes Publikationsorgan. Hier traten zum ersten Mal seine Pseudonyme Theobald Tiger, Peter Panter und Ignaz Wrobel auf. Für kurze Zeit war Tucholsky auch Herausgeber.

Am 10. Mai 1933 verbrannten die Hitlerleute Bücher unliebsamer Autoren, darunter solche Tucholskys, mit einem großen Autodafé auf dem Berliner Opernplatz. Tucholskys Ekel vor dem Nazismus saß tief. „Es ist die Blüte der Nation. Die Früchte sehen danach aus.“

Holsteiner Ufer heißt einer von mehreren Abschnitten des südlichen Spreeufers, nahe dem Schloß Bellevue, am Rande des Tiergartens. Der Kaufmann Alex Tucholsky und seine Frau Doris hatten hier eine Zeitlang ihre Wohnung, als ihr Sohn Kurt ein kleines Kind war.

Die seit dem Jahre 1809 bestehende Friedrich-Wilhelm-Universität Unter den Linden, gegründet auf Initiative Wilhelm von Humboldts (und heute auch nach ihm benannt), zog in das damals leerstehende Palais des Prinzen Heinrich, eines Bruders von König Friedrich II. Kurt Tucholsky studierte hier von 1909 bis 1912 die Rechte. Seine Doktorarbeit hat er an der renommierten Universität allerdings nicht eingereicht, die Promotion erfolgte in Jena.

UNIVERSITAET
6

Die Prignitz, eine Landschaft nordwestlich Berlins, wurde erstmals literarisch belangvoll durch Theodor Fontane, der in seinen „Wanderungen durch die Mark Brandenburg“ ausführlich über sie schrieb. Die entscheidende Popularisierung erfolgte dann durch den jungen Tucholsky. „Rheinsberg“, die Geschichte eines jungen Liebespaares, das hier einige unbeschwerte Sommertage verbringt, wurde ein großer Erfolg.

Schloß Rheinsberg war der Vorzugsaufenthalt des späteren Preußenkönigs Friedrich II. in dessen Kronprinzenzeit. Das ursprüngliche Wasserschloß ließ er von seinem Architekten Knobelsdorff umbauen. Später lebte hier der Bruder des Königs, Prinz Heinrich.

In „Rheinsberg“ hat Tucholsky Eindrücke seines Sommerurlaubs mit seiner späteren Frau Else Weil im Jahre 1911 verarbeitet: „Sie schritten durch ein schmiedeeisernes Tor in den Park. Hier war es ruhig. In dem einfachen weißen Bau des Schlosses klopfte ein Handwerker. Sie gingen durch den Hof wieder in den Park, in die Stille ... Lange sprachen sie nicht, ließen sich beruhigen von den schattigen Wegen ...“

Die obere Havel verläuft nahe Rheinsberg. „Die Luft lag unbeweglich, drückend, sie schritten über eine Brücke, darunter das Wasser grün und schleimig abfloß. Sie blickten hinunter. Blätter schwammen vorbei, kleine Zweige, Hölzchen ...“

Auf dem Opernplatz in Berlin ließ Adolf Hitler im Frühjahr 1933 die Bücher ihm mißliebiger Autoren verbrennen. Die Schriften Tucholskys waren dabei, der Dichter selbst befand sich zu jener Zeit schon im Exil. Am Ort des Autodafés gibt es seit neuestem ein in den Boden eingelassenes Mahnmal.

Der vielgereiste Tucholsky hat Deutschland nur verhältnismäßig wenig erkundet. Es existieren seine freundlichen Kindheitseindrücke aus Pommern. Er fuhr manchmal zu Kuren ins Sächsische. Es gibt Berichte über Reisen durch Franken, doch etwas dem Pyrenäenbuch Vergleichbares erbrachten sie nicht. Am besten von Deutschland kannte er seine Heimatstadt Berlin, und da er Deutschland insgesamt nicht mochte, hat er auch Berlin nicht gemocht. Trotzdem hielt diese Stadt ihn selbst dann noch fest, wenn er sie geflohen war. Ihre Ereignisse, ihre Menschen, ihre Stimmungen, ihre Presseerzeugnisse verfolgten ihn, ob er sich in der Schweiz aufhielt, in Frankreich oder in Schweden. Berlin war ihm der (wiewohl negative) Maßstab seiner langjährigen Vorzugsstadt Paris.

Die Gründe seiner Ablehnung sind zahlreich und verschieden. Ihn störten die Großstadtgeräusche, und als er erkannte, daß die Metropole der Franzosen nicht weniger laut war als die der Deutschen, begab er sich auf eine fieberhafte Suche nach stillen Vorortwohnungen, bis er fündig wurde: in einem Kardinalspalast von Fontainebleau, den er dann doch wieder aufgab, um am Ende nach Schweden auszuweichen.

Er haßte das Lieblingshaustier der Berliner: „Der Hund ist ein von Flöhen bewohnter Organismus, der bellt (Leibniz) ... Im Hund hat sich der bäuerliche Eigentumstrieb des Menschen selbständig gemacht; der Hund ist ein monomaner

Kapitalist. Er bewacht das Eigentum, das er nicht verwerten kann ... Der Hund ist ein anachronistisches Wesen. Der Hund lebt ständig im Dreißigjährigen Krieg ... Der Hund bellt immer. Er bellt, wenn jemand kommt, sowie auch, wenn jemand geht – er bellt zwischendurch, und wenn er keinen Anlaß hat, erbellt er sich einen ... Hundebesitzer sind die rücksichtslosesten Menschen auf der Welt."

Und so fort, über viele Seiten, quer durch die Sozial- und Kulturgeschichte, vom skeptischen Philosophen Schopenhauer bis zum braven Soldaten Schwejk. Am Ende wird sich erweisen, daß es auch hier eigentlich bloß um das Bellen geht, also um den Lärm, den er nicht ertrug.

„Berlin S arbeitet, Berlin N jeht uff Arbeet, Berlin O schuftet, Berlin W hat zu tun."

Diese Aufzählung, die vermittels der alten Berliner Postbezirke das Verhältnis der Berliner Bevölkerung zu ihrer Tätigkeit spiegelt, setzt immerhin eine intime Kenntnis der städtischen Geographie voraus, und die besaß Tucholsky in der Tat.

„Berlin ist kein Maßstab, ich weiß. Denn was diese Stadt an eigener Geistigkeit produziert, geht auf die Haut einer Kuh des Paläh de danx ... Hier würde man nie dulden, daß jemand das Geschäft nie in den Mittelpunkt setzt. Wir sind keine Amerikaner: drüben schätzt man den Dollar um seiner selbst willen und hat ihm niemals einen Geist beigelegt ... Wir sind schlimmer als Amerika: sie beten den Dollar an – wir den Mann, der ihn hat."

Dies ist eine zweifellos zu höfliche Einschätzung der USA und eine wahrscheinlich etwas zu bissige Berlins. Zur Geistigkeit der Stadt gehörte er schließlich selber, und es gehörten noch viele dazu, die er mochte, für die er schrieb oder über die er schrieb. Wenn er fand, daß der geistlose Tingeltangel in dieser Stadt alles überschrie, dürfte er recht haben, aber eine heimliche Neigung dazu verspürte und bediente er selber, und womöglich ist die so-

Tucholsky mit seinen Freunden Erich Danehl und Hans Fritsch, die er in seinen Texten als „Karlchen" und „Jakopp" immer wieder auftreten ließ, beim Würfelspiel während einer Reise durch den Spessart. Seine Freundschaft mit den beiden Männern datierte aus gemeinsam erlittenen Zuständen im Ersten Weltkrieg.

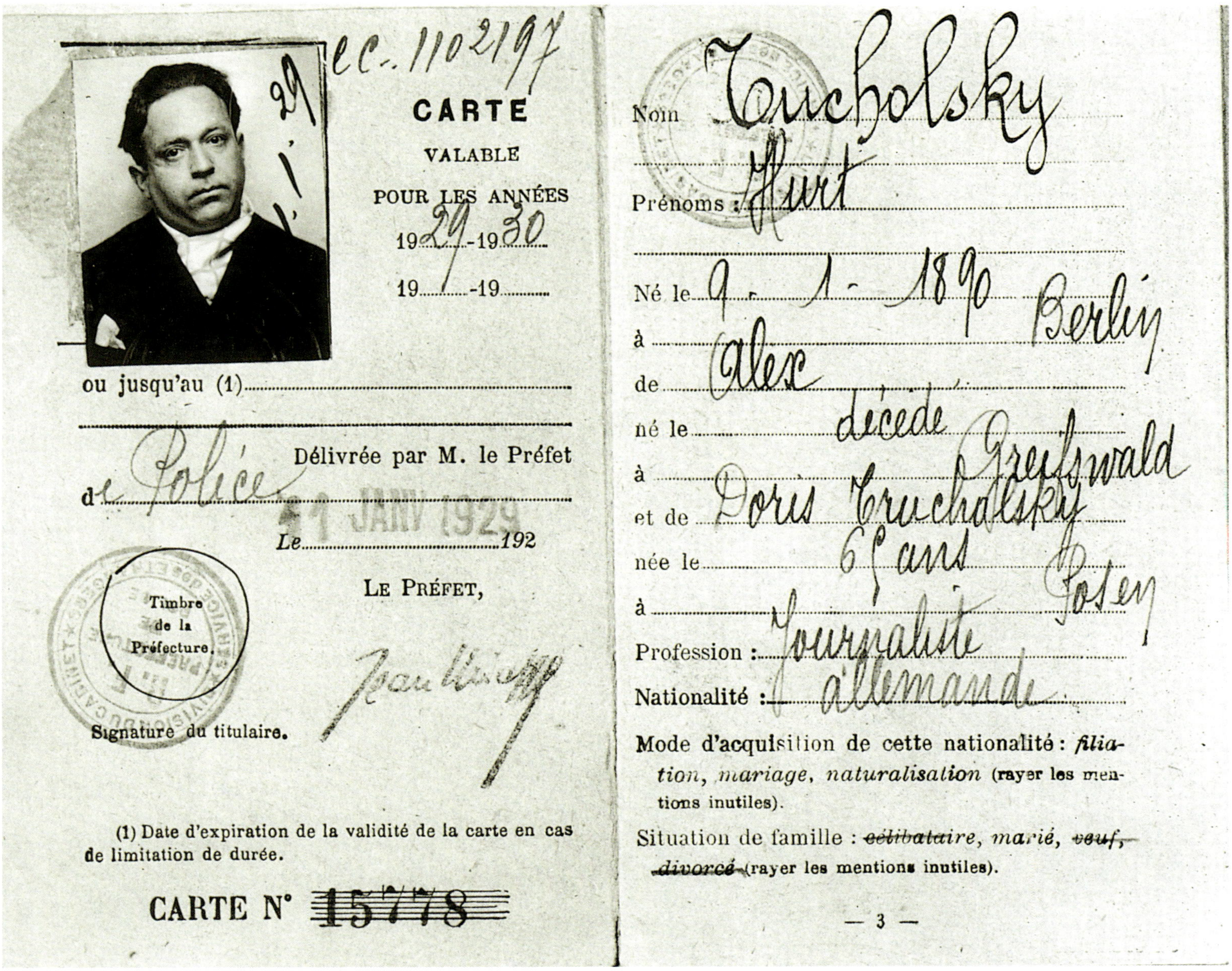
ec. 1102197

CARTE
VALABLE
POUR LES ANNÉES
1929-1930
19...-19...

ou jusqu'au (1)

Délivrée par M. le Préfet
de Police
11 JANV 1929
Le 192

LE PRÉFET,

Timbre de la Préfecture.

Signature du titulaire.

(1) Date d'expiration de la validité de la carte en cas de limitation de durée.

CARTE N° ~~15778~~

Nom Tucholsky
Prénoms : Kurt
Né le 9-1-1890
à Berlin
de Alex
né le décédé
à Greifswald
et de Doris Tucholsky
née le 65 ans
à Posen
Profession : Journaliste
Nationalité : allemande

Mode d'acquisition de cette nationalité : *filiation, mariage, naturalisation* (rayer les mentions inutiles).

Situation de famille : ~~*célibataire*~~, *marié*, ~~*veuf*~~, ~~*divorcé*~~ (rayer les mentions inutiles).

— 3 —

Französisches Identitätspapier Tucholskys. Er liebte das Land, während ihm Deutschland immer unbehaglicher wurde. Paris entlockte ihm den Ausruf: „Es tut wohl, auch einmal Ja zu sagen.“ Als „ungeheuren Vorzug“ Frankreichs nannte er „die Humanität, die Neutralität des öffentlichen Lebens.“

eben zitierte Berlinschelte auch bloß eine sehr raffinierte Gebärde der Selbstgeißelung.
Berlin, das war ein weiterer und der wohl wesentlichste Grund für seine Aversionen, stellte die Bühne, auf der die zentrale deutsche Politik ablief. Er verabscheute sie, und er verabscheute fast jeden der Akteure. Die boshaften Anmerkungen zu Männern wie Wels, Ebert und Scheidemann, zu Noske und Zörgiebel, zu Hindenburg, Schleicher und Ludendorff und nicht zuletzt zu Hitler und Goebbels werden von keinem zeitgenössischen Publizisten eingeholt.
Kurt Tucholsky wurde manchmal ein eigentlich unpolitischer Mensch genannt. Ein solches Urteil nachzuvollziehen fällt schwer. Zwar hat er sich selber niemals in die Aktualpolitik begeben, und es gibt genügend Texte aus seiner Feder, die jeglichen politischen Bezug aussparen. Es gibt wenigstens so viele Texte, die ausschließlich von solchen Bezügen leben, und bereits der sehr junge Autor, das „Märchen“ beweist es, verfolgt eine dezidiert gesellschaftskritische Absicht.

Kurz nach dem Ersten Weltkrieg erschienen die „Frommen Gesänge“ unter dem Pseudonym Theobald Tiger; die Umschlagzeichnung stammt von Theodor Leisser. Tucholskys Buchverlage befanden sich durchweg in Berlin. Er hat sie wiederholt gewechselt.

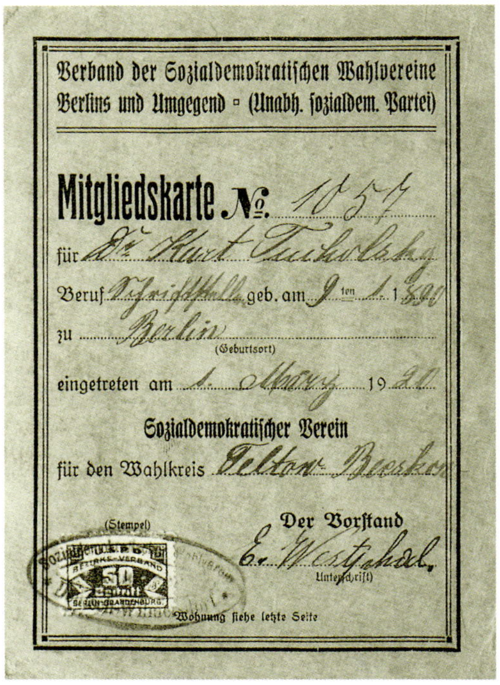
Verband der Sozialdemokratischen Wahlvereine Berlins und Umgegend ▫ (Unabh. sozialdem. Partei)

Mitgliedskarte № 1057

für Dr. Kurt Tucholsky

Beruf Schriftsteller geb. am 9ten 1. 1890

zu Berlin (Geburtsort)

eingetreten am 1. März 1920

Sozialdemokratischer Verein

für den Wahlkreis Teltow-Beeskow

(Stempel) Der Vorstand

E. Westphal (Unterschrift)

U.S.P.D. Bezirks-Verband 50 Beitrag Berlin-Brandenburg

Wohnung siehe letzte Seite

Unmittelbar nach seiner Heimkehr aus dem Ersten Weltkrieg trat er der Unabhängigen Sozialdemokratischen Partei Deutschlands (USPD) bei, die sich 1917 aus Protest gegen die Kriegspolitik der Mehrheits-SPD abgespalten hatte. Tucholsky war dort Mitglied bis zu deren Auflösung 1922. Die Angaben widersprechen sich, ob er mit der USPD-Mehrheit der Sozialdemokratie beigetreten sei oder die Mitgliedschaft aufgekündigt habe, wobei seine Abneigung gegen den innenpolitischen Kurs der Mehrheitssozialisten immer gegeben war. Was er dann auch öffentlich machte: „Der SPD-Führer: ‚Was meinen Sie, was ich schon alles verhütet habe?‘ – Eins hat er bestimmt nicht verhütet: sich selber.“ Ein anderer seiner „Schnipsel“ genannten Aphorismen liefert die Begründung und lautet so: „Wegen ungünstiger Witterung fand die deutsche Revolution in der Musik statt.“
Gegen Ende der Republik von Weimar näherte sich Tucholsky den Kommunisten: nicht aus grundsätzlicher Überzeugung, sondern da er hier eine besonders

1918 war Tucholsky als wütender Gegner des alten Regimes heimgekehrt. Er schloß sich jener Partei an, die er am ehesten akzeptieren konnte: den Unabhängigen Sozialdemokraten. Die USPD spaltete sich bald – ihr radikaler Flügel ging zu den Kommunisten, der größere Rest zur SPD. Tucholsky hatte mit beiden Probleme.

wirksame Kraft gegen die aufkommende Hitlerei wähnte. Als bekanntes literarisches Dokument gilt der Text „Ein leicht besoffener älterer Herr“, der das deutsche Parteiensystem einer bissigen Kritik unterzieht und die äußerste Linke erkennbar ausspart. Über den inneren Zustand der KPD gab sich Tucholsky gleichwohl keiner Täuschung hin. Zwar respektierte er die kommunistischen Märtyrer Karl Liebknecht und Rosa Luxemburg, aber er erkannte genau die fortschreitende Stalinisierung dieser Partei. Unter seinen „Schnipseln“ gibt es den Ausspruch eines KP-Mannes: „Schade, daß Sie nicht in der Partei sind – dann könnte man Sie jetzt ausschließen.“ Der Satz klingt nach Originalton, und der Adressat dürfte Kurt Tucholsky geheißen haben. „Das schauerlichste Wort, das uns der marxistische Slang beschert hat“, höhnt es an anderer Stelle, „ist das Wort von der ‚richtigen Politik‘. Sie wissen es ganz genau.“ Oder so: „Es ist die Aufgabe des historischen Materialismus, zu zeigen, wie alles kommen muß – und wenn es dann nicht so kommt, zu zeigen, warum es so nicht kommen konnte.“

Er war und blieb, seit dem Kriegsende 1918, ein entschiedener Kriegsgegner. Er hatte sich einer entsprechenden Organisation angeschlossen, den revolutionären Pazifisten, und vertrat deren Sache mit einer Entschiedenheit, die bis heute nachhallt. Zu seinem Ausspruch, Soldaten seien Mörder, erging erst 1996 ein seither vielfach gescholtenes Urteil des Bundesverfassungsgerichts in Karlsruhe.

Die reformistische SPD verachtete er, die Bolschewisten machten ihm angst, und gegenüber den Nazis empfand er grenzenlosen Ekel. Er war das fast schon paradigmatisch zu nennende Beispiel eines heimatlosen Linken. Am ähnlichsten in der gesamten deutschen Literatur- und Geistesgeschichte war ihm wohl Heinrich Heine, den er einmal einen „Jahrhundertkerl“ nannte: zu jener Zeit kein ganz selbstverständliches literaturkritisches Urteil. Die Ähnlichkeit betrifft sowohl die Herkunft wie das Talent, den studierten Beruf wie die politische Neigung, die Liebe zu Frankreich, die schwere Krankheit und das Verhältnis zum anderen Geschlecht.

Seite 1176 — Illustrierter Beobachter — 1933 / Folge 36

Volksverräter

ausgestoßen aus der deutschen Volksgemeinschaft!

Auf Grund des § 2 des Gesetzes über den Widerruf von Einbürgerungen und die Aberkennung der deutschen Staatsangehörigkeit vom 14. Juli 1933 hat der Reichsminister des Innern im Einvernehmen mit dem Reichsminister des Auswärtigen durch eine im „Reichsanzeiger“ veröffentlichte Bekanntmachung vom 23. August 1933 zunächst folgende im Ausland befindliche Reichsangehörigen der deutschen Staatsangehörigkeit für verlustig erklärt, weil sie durch ein Verhalten, das gegen die Pflicht zur Treue gegen Reich und Volk verstößt, die deutschen Belange geschädigt haben:

Philipp Scheidemann — Otto Wels — Wilhelm Pieck — Dr. Robert Weißmann — Dr. Rudolf Breitscheid — Heinz Werner Neumann

Albert Grzesinski — Bernhard Weiß — Dr. Joh. Werthauer — Dr. Alfred Apfel — Friedrich Stampfer — Ruth Fischer

Dr. Friedr. W. Foerster — Emil Gumbel — Helmuth v. Gerlach — Leopold Schwarzschild — Dr. Kurt Tucholski — Max Hölz

Willi Münzenberg — Ernst Toller — Georg Bernhard — Alfred Kerr — Heinrich Mann — Lion Feuchtwanger

August 1933: eine von vielen veröffentlichten Ausbürgerungslisten. Kurt Tucholsky (3. Reihe, 2. von rechts) war längst aus Deutschland emigriert, gleichwohl traf ihn die Nachricht. „Wir werden eine ganze Strähne Selbstmorde erleben.“

Das vom klassizistischen Architekten Langhans errichtete Brandenburger Tor mit Schadows Quadriga. Hindurch marschierten (unter anderem) Kaiser Wilhelms Soldaten und 1933, noch in der Nacht der sogenannten „Machtergreifung“ , Hitlers SA, hinter flatternden Flaggen. Für Tucholsky waren solche Spektakel Anlaß zu Spott: „Stolz weht die Fahne, die wir mutig tragen./ Auf mich könnt’ sie ja ruhig ‘Ochse’ sagen ...“

Kuriositätenwert: hoch notiert./ Politisch: bis auf die Knochen blamiert." Der Antimonarchist Tucholsky über das preußische Herrscherhaus. Eine seiner Hinterlassenschaften ist das Charlottenburger Schloß, ursprünglich ein Landhaus für Sophie Charlotte, die Frau des ersten preußischen Königs Friedrich I. Den Ende des 17. Jahrhunderts begonnenen Bau ließen die späteren Hohenzollern-Könige mehrmals erweitern.

Sämtliche Verlage, bei denen der Autor Kurt Tucholsky veröffentlichte, und die Mehrzahl der Blätter, für die er schrieb, befanden sich in Berlin. Zwar wurde er auch von der *Dresdner Volkszeitung* gedruckt und vom *Prager Tagblatt,* doch in aller Regel handelte es sich hierbei um Zweitauswertungen bereits vorher in Berlin publizierter Texte.

Tucholsky hat insgesamt zehn Bücher veröffentlicht. Drei davon waren eigens verfaßt, bei den anderen handelte es sich um Zusammenstellungen zuvor in Zeitschriften gedruckter Beiträge. Von den ersten drei ist „Rheinsberg“ bei Axel Juncker in Berlin und „Das Pyrenäenbuch“ im Berliner Verlag Die Schmiede erschienen, kleinen Unternehmen, die sich sonst um expressionistische Autoren kümmerten. „Schloß Gripsholm“ und drei der Sammelbände brachte der Berliner Verlag von Ernst Rowohlt heraus. Zwei andere Sammlungen verlegte ein kleines Charlottenburger Editionshaus, Fritz Lehmann.

Die wichtigsten Sammelbände hießen „Mit fünf PS“ (1928), „Das Lächeln der Mona Lisa“ (1929), „Lerne lachen ohne zu weinen“ (1931) und „Deutschland Deutschland über alles“ (1929). Das letzte erschien im Neuen Deutschen Verlag, der zum Presseimperium des Kommunisten Willi Münzenberg gehörte, und entstand zusammen mit Fotomontagen von John Heartfield. Es war die Zeit, da Tucholsky der KPD besonders nahe stand, und das Buch machte erhebliches Aufsehen, wiewohl kaum eine Zeile darin gänzlich neu war. Der bekannte Berliner Kritiker Herbert Ihering ist gleich zweimal, im *Berliner Börsen-Courier* und in der Zeitschrift *Das Tagebuch*, kritisch-ablehnend darauf eingegangen: „Es scheint mir eine Polemik ohne Risiko zu sein, wenn Kurt Tucholsky immer wieder gegen dasselbe Militär, gegen dieselbe Justiz mit einer zwar oft sehr treffenden, sehr amüsanten, sehr wirkungsvollen Typenschilderung losgeht. Es wäre aber wichtig … zu sagen, daß in anderen Ländern dieselben Züge zu erkennen sind …“ Man wolle bitte nicht in toto verächtlich machen und herabwürdigen. Mit Bezug auf Berlins damals teuerstes Feinkostgeschäft: „Ein Genießer, der sich’s in Schweden gut sein läßt, polemisiert in diesem Buche gegen das Schaufenster von Rollenhagen.“ Ihering wurde im Dritten Reich Mitarbeiter beim Film und Dramaturg am Burgtheater, in Ulbrichts DDR Starkritiker und Akademiemitglied.

Zu den wichtigsten Berliner Blättern, in denen Tucholsky publizierte, gehörten der sozialdemokratische *Vorwärts*, das USPD-Blatt *Freiheit* und die wiederum von Münzenberg verantwortete *Arbeiter-Illustrierte Zeitung*. Es gehörten dazu *Die Literarische Welt* von Willy Haas, die Boulevardblätter *Tempo* und *8 Uhr Abendblatt*, und auch Titel aus dem Hause Ullstein waren darunter, wie *Berliner Illustrirte*, *Uhu* und *Die Dame*. Wesentlich aber blieben immer nur drei: die *Schaubühne*, *Ulk* und die *Vossische Zeitung*.

Die Schaubühne, 1918 veränderte sie ihren Titel in *Weltbühne*, war eine Erfindung von Siegfried Jacobsohn, einem leidenschaftlichen Theatermann. Der Name seiner Gründung von 1905 bedeutete keine Metapher, sondern ein wörtliches Programm. Jacobsohn hat beträchtliche Verdienste um die Durchsetzung der postnaturalistischen Dramatik, voran der Stücke von Frank Wedekind. Sein Periodikum, klein, handlich und geheftet in Dunkelrot, erinnerte, absichtsvoll oder nicht, an die *Fackel* des Wieners Karl Kraus. Jacobsohn kümmerte sich von Beginn an um Beiträger auch außerhalb Berlins, so war seine österreichische Akquisition der Kritiker und Feuilletonist Alfred Polgar. Ab 1913 schrieb für die *Schaubühne* regelmäßig Kurt Tucholsky.

Da hatte sich die Zeitschrift vorsichtig für andere Themen geöffnet. Die Rezension wichtiger Bühnenereignisse fand zwar weiterhin regelmäßig statt, doch daneben gab es jetzt Betrachtungen zu allerlei anderen Dingen aus Kunst und Leben. Von Theobald Tiger erschienen Verse, Peter Panter rezensierte Bücher, Ignaz Wrobel verfaßte Essigsaures zur Zeit. Die Namensänderung von 1918 trug den längst veränderten Inhalten Rechnung, und nun gab es noch Kaspar Hauser, der Melancholisches über Leben und Tod zu sagen wußte.

Carl von Ossietzky (1889–1938) leitete die *Weltbühne* ab 1927. Der radikale Pazifist wurde von den Nazis im KZ Oranienburg inhaftiert (unser Bild). Er erhielt den Friedensnobelpreis. Seine durch weltweiten Protest erzielte Haftentlassung überlebte er nicht lange.

„Deutschland, Deutschland über alles“ (1929) war eine Sammlung kleiner Texte aus Tucholskys Feder, komplettiert mit Fotos und Fotomontagen von John Heartfield, einem eingeschriebenen KPD-Mitglied. Auch das Buch kam in einem kommunistischen Unternehmen heraus: dem Neuen Deutschen Verlag Willi Münzenbergs.

Jacobsohn war für Tucholsky ein enger Freund, und als er 1926 starb, war fast selbstverständlich, daß der mittlerweile berühmteste Beiträger der *Weltbühne* sich den Aufforderungen der Witwe nicht entzog, die Redaktionsleitung zu übernehmen, für ein knappes Jahr. Hernach ging die Leitung an Carl von Ossietzky über. Dieser Sproß einer verarmten norddeutschen Kleinadelsfamilie und, beharrlichen Vorurteilen zum Trotz, kein Jude, gehört zu den glanzvollsten politischen Publizisten dieses Jahrhunderts. Unter ihm wurde die *Weltbühne* endgültig zum politischen Meinungsblatt, viel beachtet und von beträchtlicher Wirkung, wiewohl die Auflage nie mehr als 15 000 Exemplare erreichte.

Die Kühnheiten der Redaktion hatten zur Folge, daß man sie mit Gerichtsverfahren überzog. 1932 kehrte Tucholsky nochmals für kurze Zeit an die Blattspitze zurück, da Ossietzky wegen eines Artikels, der eine verbotene Aufrüstung in Zusammenarbeit zwischen Reichswehr und Roter Armee nachwies, eine Haft verbüßen sollte. Ossietzky war wie Tucholsky ein radikaler Pazifist. Gleichwohl stellte sich zwischen den beiden Männern ein nicht annähernd so herzliches Verhältnis her wie zwischen Tucholsky und Jacobsohn.

Die Leitung von Jacobsohns Zeitschrift saß in der Kantstraße und im Grunewald. Zwischen diesen Adressen und dem Zeitungsviertel in Koch- und Zimmerstraße befand sich das Berliner Arbeitsgebiet des Journalisten Kurt Tucholsky. In der Leitung einer Redaktion war er übrigens nicht völlig unerfahren, da er zwischen 1918 und 1920 für das Verlagshaus Mosse die

Vor 1933 war Berlin die wichtigste Zeitungsstadt der Welt. Tucholsky: „Un haste det hinta dir,/dreihundert Pfund bedrucktet Papier,/denn leechste die Weisen/beit alte Eisen/und sachst dir, wie Kuhle, innalich:/Sie wissen et nich. Sie wissen et nich.“

Das Gebäude des Zeitungsverlegers Rudolf Mosse im Berliner Zeitungsviertel war, vermöge seines Umbaus durch Stararchitekt Erich Mendelsohn (1923), ein renommiertes Beispiel des Neuen Bauens. In Mosses *Ulk* stand der erste veröffentlichte Text des literarischen Debütanten Kurt Tucholsky.

satirische Wochenzeitung *Ulk* geleitet hatte, ursprünglich wöchentliche Beilage des *Berliner Tageblatts* und Ort seiner ersten eigenen Veröffentlichung, des „Märchen". Tageblatt-Chef Theodor Wolff war ein Frankreichnarr, wie Tucholsky, und Wolff war es auch, der Tucholsky die Leitung des *Ulk* antrug. Der aber fühlte sich im Sessel eines Chefredakteurs fehl am Platze, er haßte diese Arbeit, und es scheint, daß der folgende Bruch auch die Beziehung zwischen den beiden Publizisten beschädigt hat.

Derart wurde die tägliche Zeitung, für die Tucholsky in den zwanziger Jahren regelmäßig schrieb, die *Vossische Zeitung*. Zu jener Zeit war sie bereits zweihundert Jahre alt und galt als eine ehrwürdige berlinische Institution. Ihre Mutationen waren beträchtlich gewesen, im Äußeren wie in der Tendenz, zuletzt hatte sie das Haus Ullstein übernommen, um sie als ihr publizistisches Flaggschiff zu führen. Tucholsky befand sich bei ihr gleichsam in der Nachfolge des Kritikers Theodor Fontane, und dieser Umstand behagte ihm sehr.

Claire Waldoff (oben links, 1884–1957) galt als Prototyp der schrillen Berlinerin, dabei stammte sie aus Gelsenkirchen. Ihre mit kreischender Stimme vorgetragenen Chansons waren ordinär, witzig, aggressiv und sentimental. Tucholsky hat ebenso für sie wie über sie geschrieben.

Ein Großteil von Tucholskys Artikeln waren Besprechungen, vornehmlich solche von Büchern. Manchmal gab er der *Weltbühne* Sammelrezensionen unter dem Titel „Auf dem Nachttisch". Die Gesamtzahl der von ihm besprochenen Titel beträgt mehr als vierhundert. Berühmte Autorennamen sind darunter neben völlig vergessenen, und ein stets respektvoll behandelter Dichter ist Knut Hamsun, dessen beginnende Hinwendung zum Faschismus Tucholsky später noch miterlebte. Es wurde dies ein Grund mehr für ihn, sein Zeitalter zu verabscheuen.

Ein Literaturwissenschaftler war er nicht und wollte es nicht werden. Er schrieb einfach auf, was er las, was er dabei fühlte, er zitierte und glossierte, war witzig und schnodderig, und dies erbrachte eine gleichsam boulevardeske Form von Literaturkritik. Daß er mit einem Autor wie Marcel Proust nichts anfangen konnte, hat er freimütig bekannt. Um so erstaunlicher ist seine Sympathie für komplizierte Autoren wie Kafka und Musil.

Der Name des (heute ziemlich vergessenen) Reisefeuilletonisten Victor Auburtin kommt ziemlich häufig vor, ebenso wie der Name Polgar. Dessen subtil-genaue Theaterkritiken und kleine Prosastücke hat er sehr bewundert und ausführlich gepriesen, was wohl auch damit zu tun hat, daß Polgar in vielem wie eine Übersetzung Tucholskys ins Wienerische wirkt. Die beiden waren persönliche Freunde, und ihre Beziehung wurde auch von den Zeitgenossen wahrgenommen. Emil Ludwig, der erfolgreiche Biographienschreiber, wollte ihnen ein imaginäres Denkmal stiften: „Weil Sie es sind, beide, die Zeit und Welt, Revolte und Resignation, Frauen und Staat, Auto und Musik, den allgemeinen Schwindel und das allgemeine Streben, Glauben und Lüge, in immer neuen kleinen Bildern fangen, immer wieder ein Gleichnis auf der Straße, ein Beispiel im Herzen, eine Parabel in der Zeitung – und weil Sie, als echte Dichter, dergleichen immer gleich in seiner gottgewollten Form finden."

Walter Benjamin dachte sich für beide den Begriff der „linken Melancholie" aus: Sie stünden „links nicht von dieser oder jener Richtung, sondern ganz einfach links vom Möglichen überhaupt". Alfred Polgar hat später, als einer der letzten, den schon umdüsterten Gefährten in Schweden getroffen: „Ich besuchte ihn in seinem Refugium – er wollte eigentlich keine Besu-

Paul Graetz (Mitte, 1890–1937) war einer der Stars des Berliner Cabarets. Begonnen hatte er als Schauspieler in expressionistischen Stücken. 1933 emigrierte er in die USA, wo er (mit wenig Erfolg) eine Fortsetzung seiner Laufbahn probierte.

Rosa Valetti (oben rechts, 1878–1937), eigentlich Valentin, kam, wie alle Protagonisten des Berliner Cabarets, vom Theater. Tucholsky schrieb für sie unter anderem ein Spottlied auf Ludendorff: „General! General!/Wag es nur nicht noch einmal!/Es schrein die Toten!/Denk an die Roten!"

che – und nahm einen traurigen Eindruck von dem Besuche mit. Er war verstört, überzeugt, daß er auch im Ausland verfolgt werde, und in seiner Tasche trug er einen Revolver.“ Tucholsky hatte den Freund einmal einen der „feinsten und leisesten Schriftsteller unserer Generation“ genannt. Aber das war lange her.

Polgar kam aus der literarischen Tradition des Wiener Feuilletons, dessen moderne Klassiker Peter Altenberg und Karl Kraus hießen. Er gehörte zu den wichtigen Theaterkritikern seines Zeitalters, und seine epischen Etüden, handelnd von Menschen, Umständen, Topographien, toten Gegenständen, sind kleine Meisterwerke aus Genauigkeit und Poesie. Niemals herrscht ein Zweifel, wer in diesen Texten redet, nämlich der Autor Polgar selber, der sein Ich zwar aufs äußerste zurücknimmt, doch niemals versteckt.

Tucholsky zeigt sich da gänzlich anders, und auch sonst ist der Vergleich zwischen den beiden ziemlich ergiebig.

Tucholsky hat seinerseits Theaterkritiken verfaßt. Sie sind nicht so zahlreich wie seine Buchrezensionen, denen sie ähneln in ihrer vorgeschützten Unprofessionalität. Tucholsky sitzt im Berliner Parkett, läßt sich unterhalten oder nicht. Er äußert sich darüber, was er sieht, was er empfindet, und im Zweifelsfall tut er das flapsig. Es handelt sich bei alledem um eine listige Simulation von *common sense*.

Dann gibt es liebevolle Schauspielerportraits, etwa das über Max Pallenberg: „Wenn es eine menschliche Würde gibt – Pallenberg tritt sie mit Füßen. Es macht ihm Behagen, leere Gesten bloßzulegen, Inhalte luftig abzustreifen, Hohlheiten aufzuzeigen: So seid ihr – seht! So sind wir! ... Er ist ein Teufel, ein entgleister Gott, ein großer Künstler.“

Tucholsky liebte das Theater. Mit Polgar zusammen sollte und wollte er einmal eine Bühnenrevue schreiben, für Max Reinhardt, es ist dazu nicht gekommen, und es ist schwierig zu sagen, woran die Sache gescheitert ist: am mangelnden Theaterenthusiasmus der beiden Autoren jedenfalls nicht. Tucholsky verfaßte dann mit dem expressionistischen Stückeschreiber Walter Hasenclever die Komödie „Christoph Columbus oder Die Entdeckung Amerikas“, einen anachronistischen Jux oder, wenn man so will, einen auf Abendlänge ausgeweiteten Sketch.

Damit kannte er sich viel besser aus als mit der gewöhnlichen Schauspieldramaturgie. Fürs Cabaret hat er immer wieder gearbeitet und über das Cabaret auch, bereits aus dem Jahre 1913 gibt es einen Artikel, der liebevolle Portraits von Rudolf Nelson

Das Berliner Nachtleben der Zwanziger kannte vielerlei Arten von Cabaret; das reichte von der literarischen Unternehmung bis zum Amüsiertempel, wo allenfalls ein bißchen Erotisch-Zweideutiges geboten wurde. Das „Kakadu“ (oben) am Kurfürstendamm gehörte zur zweiten Kategorie.
Ein ursprünglich aus Paris und New York importierter und im Berlin der zwanziger Jahre schnell heimisch gewordener Typus des theatralischen Unterhaltungsgewerbes war die große Ausstattungsrevue (unten). Die bekanntesten Unternehmer hießen Rotter, Haller und Charell.

und Claire Waldoff aneinanderreiht. Später entstehen Texte über fast sämtliche Größen der Berliner Kleinkunst, etwa über Otto Reutter: „Ein schlecht rasierter Mann mit Stielaugen, der aussieht wie ein Droschkenkutscher, betritt in einem unmöglichen Frack und ausgelatschten Stiefeln das Podium. Er guckt dämlich ins Publikum und hebt ganz leise, so für sich hin, zu singen an. Diese Leichtigkeit ist unbeschreiblich …"

Ein Großteil aller bis heute populären Verse Tucholskys sind Arbeiten für das Brettl gewesen. Gewöhnlich waren sie gedacht für bestimmte Interpreten wie Rosa Valetti und Paul Graetz. Kleinkunstbühnen bildeten das andere Berliner Arbeitsrevier von Kurt Tucholsky neben den Redaktionen, und er war im einen wie im anderen daheim.

Cabaret selbst, als Kunstform, existiert seit dem Jahre 1881, da wurde in Paris das *Chat noir* eröffnet. Vier Jahre später folgte *Le Mirliton,* wo zunächst Aristide Bruant auftrat und danach Yvette Guilbert. Das Programm bestand aus einer losen Folge von Nummern, wobei die Lieder überwogen. Die verwendete Sprache war Jargon, die Tendenz war anarchistisch, und die Themen reichten vom Nonsense bis zur antiautoritären Kritik.

Das Cabaret wurde ein Erfolg, und da zu jener Zeit Paris allgemein noch als ein für die Zivilisation verbindliches Vorbild galt, gab es bald Nachahmungen jenseits der Grenzen. 1901 gründeten Otto Julius Bierbaum und Ernst von Wolzogen in Berlin das *Überbrettl.* Es scheiterte bald: an der Zensur und an seinem schlechten Geschmack. Gleichfalls 1901 eröffnete Max Reinhardt Unter den Linden sein berühmtes *Schall und Rauch,* und in den zwanziger Jahren existierten noch *Wilde Bühne, Rakete, Gondel, Die Rampe, Größenwahn, Kabarett der Komiker* und *Katakombe.* Berühmte Interpreten waren Werner Finck, Trude Hesterberg, Gussy Holl, Kate Kühl und Rosa Valetti, für die meisten von ihnen hat Tucholsky Texte verfaßt.

Darunter sind Strophen, die sich bis heute hielten: „Wenn die Igel in der Abendstunde" und „Malwine". Lukian, der antike Autor, wird programmatisch als Vorbild angerufen:

Freund! Vetter! Bruder! Kampfgenosse!
Zweitausend Jahre – welche Zeit!
Du wandeltest im Fürstentrosse,
du kanntest die Athenergosse
und pfiffst auf alle Ehrbarkeit.
Du strichst beschwingt, graziös und eilig
durch euern kleinen Erdenrund –
Und Gott sei Dank: nichts war dir heilig,
du frecher Hund!

Neben dem Frivolen stand immer das Sentimentale:

Über den Dächern
schwebt Rauch
und ein sanftes Gebimmel
klingt von den Türmen der Stadt.
Meine Sehnsucht fliegt in den Himmel.
Wie es durch das Fenster zieht …!
Wozu arbeiten?
Wozu tätig sein?
Wozu in die Versammlung gehn?
Ich habe nur meine beiden Hände.
Was steht am Ende –?
Das hab ich an Vater gesehn.
Wie es durch das Fenster zieht …!

Das ist effektvoll, irgendwie, und läßt sich ausgezeichnet interpretieren. In unserem Beispielsfalle mündet die Sache in den direkten politischen Aktionismus: „Wir sind stark, wenn wir zusammenhalten:/ die Starken und Schwachen, die Jungen und Alten." Es fällt schwer, das Wort Sozialkitsch zu unterdrücken, doch gehörte (und gehört) dergleichen zur Grundausstattung allen Cabarets. Tucholsky gab immer gern den lukianischen Zyniker, doch ebenso verlangten seine Nerven, die innere Balance durch reichliches Sentiment eilig auszugleichen. Auch sein Publikum verlangte danach, und indem er es bediente, belohnte es ihn mit Erfolg. Übrigens ist das beschriebene Phänomen nichts anderes als jene berlinische Verbindung aus Vernunft und Träne, die gewöhnlich unter der Überschrift Herz mit Schnauze auftritt. Tucholsky kannte und pflegte sie: da er ein Berliner war.

Tucholsky mit Gussy Holl, im Jahre 1922. Die Diseuse (1888–1966) war in erster Ehe mit dem (wegen Hitler emigrierten) Schauspieler Conrad Veidt verheiratet, in zweiter Ehe mit dem (in Hitlers Deutschland verbliebenen) Schauspieler Emil Jannings. Tucholsky hatte Gussy Holl 1919 kennengelernt und ihr noch im selben Jahr sein erstes Chanson gewidmet: „Die blonde Dame singt".

Das von Karl Friedrich Schinkel errichtete Schauspielhaus am Berliner Gendarmenmarkt. Heute ausschließlich für Konzerte genutzt, war es – mit Intendanten wie Leopold Jessner und Gustaf Gründgens – bis zu seiner Zerstörung im Zweiten Weltkrieg das wichtigste Sprechtheater der Stadt. Der Kritiker Tucholsky hat sich hier manche Premiere ersessen und hernach darüber geschrieben.

HANC DOMVM ARTIS COLENDAE CAVS
ANNO MDCCCLXXXXVI BERNHARD SEHR

Das heutige Theater des Westens in Charlottenburg. 1895/96 vom Architekten Bernhard Sehring als Privatbühne gebaut, diente es in seiner wechselvollen Geschichte immer wieder auch als Opernhaus. Tucholsky hat es vor allem als Spielstätte für Operetten und Ausstattungsrevuen erlebt.

Das Verfahren des Freundes Alfred Polgar, in seinen feuilletonistischen Texten stets erkennbar zu bleiben, gibt es verschiedentlich auch bei Kurt Tucholsky, der aber, häufiger, hinter seinen fiktiven Figuren völlig verschwindet, indem er sie in der ersten Person sprechen läßt: Es handelt sich um das, was in der neueren Literaturkritik die Rollenprosa heißt. Bei Tucholsky bleibt die Herkunft aus dem literarischen Cabaret unverkennbar, die Texte sind nichts anderes als ausgeschriebene Bühnenmonologe.

Gelegentlich bedienen sie sich der gereimten Form. Viele der Kleinkunstverse sind nach diesem Muster gemacht, so das „Sauflied, ganz allein“:

Manchmal denke ich an dich,
das bekommt mich aber nich,
denn am nächsten Tag bin ich so müde.
Du mein holdes Glasgespinst!
Ob du dich auf mich besinnst?
Morgens warst du immer etwas prüde.
Darum trank ich auf dein Wohl
dieses Fläschchen Alikol –
Braun und Blond – rot und schwarz –
Ihr sollt leben!

Während hier die Trunkenheit eigentlicher Gegenstand ist, dient sie dem an anderer Stelle erwähnten Text „Ein leicht besoffener, älterer Herr“ nur als Voraussetzung. Die Stilisierung durch den Vers fällt jetzt fort. Die Prosa liest sich aufs flüchtige Hinsehen wie ein Stück konsequenter Naturalismus: „Wie Sie mich hier sehn, bin ick nämlich aust Fensta jefalln. Wir wohn Hochparterr, da kann sowat vorkomm. Es ist wejen Jleichjewicht. Bleihm Se ruhich stehn, lieber Herr ...“ In solcher Sagweise werden die gerade auf dem Markt befindlichen Parteiprogramme von ganz rechts bis ziemlich weit links bequasselt, und am Ende erweist sich, daß der Sturz aus dem Fenster nicht durch den Alkohol, sondern wegen der Politik erfolgte: „,Wir brauchen eine Zoffjet-Republik mit ein unumschränkten Offsier an die Spitze', sahre ick. ,Un in diesen Sinne wer ick wähln.' Un denn bin ick aust Fensta jefalln.“

Der Monolog ist eines von Tucholskys bevorzugten Stilmitteln, und er bringt es darin zu beträchtlicher Fertigkeit. Stets dient der sorgsam transkribierte Jargon zur genaueren Bestimmung eines jeweiligen sozialen oder politischen Standorts. Tucholsky hat sich dieses Mittels dann auch bedient, um sich ständige Figuren zu schaffen; eine davon ist der Herr Wendriner.

Er tritt das erste Mal 1922 auf, aus Anlaß der Beerdigungsfeierlichkeiten für Walther Rathenau. Der Postbetrieb stand damals für zehn Minuten still. „Wenn er die Faktura nicht anerkennt, dann werde ich ihn eben einfach mal anrufen. Legen Sie die Kuverts inzwischen auf'n Stuhl. Welches Amt hat Skalitzer? Amt Königstadt? Na, warte ... Nu? Na? Na, was ist? Fräulein! Warum melden Sie sich denn nicht? Haste gesehen: sie sagt nicht, warum sie sich nicht meldet!“ Weiter: „Was? Was ist? Der Betrieb ruht? Was heißt das? Warum ...? Ach so – wegen Rathenau. Sehr gut. Sehr richtig ist das. Der Mann ist ein königlicher Kaufmann gewesen und unser größter Staatsmann. Das ist unbestritten. Schkandal, daß sie ihn erschossen haben! So ein effektiv anständiger Mensch.“ Schließlich: „Glänzende Schützen müssen das gewesen sein, die Jungens. Vielleicht Offiziere ... Aber das kann ich mir eigentlich gar nicht denken: die Regimentskameraden von Walther waren doch damals alle zu Tisch bei uns – alles so nette und feine Leute. Famose Erscheinungen darunter!“

Wendriner ist ein berlinischer Geschäftsmann. Tucholsky kannte den Typus aus seinem Elternhaus, und eine intensive Wiederbegegnung erfuhr er während seiner Tätigkeit im Bankhaus Bett, Simon & Co. Wendriner ist ein jüdischer Geschäftsmann. Für den jüdischen Publizisten Kurt Tucholsky wurde damit die eigene Herkunft thematisiert.

Im Jahre 1925 bekannten sich von den rund vier Millionen Einwohnern Groß Berlins 173 000 zum mosaischen Glauben, das waren 4,3 Prozent. In der Zahl nicht enthalten sind die zum Christentum konvertierten und die bekenntnislosen Juden, außerdem jene, die illegal in der Stadt lebten. Wenn wir, in einer vorsichtigen Schätzung, die damalige Gesamtzahl aller Berliner jüdischer Abstammung mit einer Viertelmillion beziffern, halten wir bei der Bevölkerungsstärke einer mittleren Großstadt.

Das Attentat auf den deutschen Außenminister Rathenau durch Rechtsextremisten bedeutete für die junge deutsche Republik einen Schock. Der Politiker war wegen seiner jüdischen Herkunft und als Repräsentant der Weimarer Demokratie 1922 ermordet worden. Unser Foto zeigt eine Protestkundgebung auf dem Berliner Schloßplatz.

Eine typische Stadtkulisse Ecke Leipziger Straße/Friedrichstraße im Berlin der zwanziger Jahre.Tucholsky: „So herumwirtschaften?/Lebenslänglich?/Plötzlich werden wir recht bedenklich./Sehnen uns beinah fiebrig zurück/nach Einsamkeit und Familienglück ... Wir Männer aus Berlin und Neukölln ..."

Das Scheunenviertel hinter dem Oranienburger Tor in Berlin war ein „Schtetl" – ein fast geschlossenes ostjüdisches Wohngebiet, bevölkert von Immigranten aus Galizien und Litauen. Man sprach eher jiddisch als deutsch, und man blieb bei den überlieferten Kleidervorschriften. Die Assimilierten, zu denen Tucholsky gehörte, begegneten den orthodoxen Ostjuden mit ihren vielen Kindern nicht ohne Vorbehalt.

Sie waren keine homogene Gruppe, weder in ihrer sozialen Zuordnung noch in ihrer ethnischen Bindung und selbst in ihrer Religion nicht: Es gab zahlreiche jüdische Glaubensrichtungen, orthodoxe wie liberale, mit eigenen Tempeln und eigenen Rabbinaten. Es gab mehrere jüdische Friedhöfe. Juden wohnten in sämtlichen Bezirken der Stadt.

Ihre heterogene Zusammensetzung hatte mit der unterschiedlichen Herkunft zu tun, mit verschiedenen Graden der Assimilation oder auch deren radikaler Verweigerung. Es gab alte Familien, die ihre vollen Bürgerrechte bereits durch die Reformen von Stein und Hardenberg in Berlin oder Preußen erhalten hatten, und es gab das Strandgut der großen Flüchtlingsströme, die, aufgebrochen vor den zaristischen Pogromen nach 1880, sich eigentlich auf dem Weg nach Amerika befanden. Sie kamen am Schlesischen Bahnhof an, wollten oft nur eine kleine Weile bleiben und blieben dann bis zu ihrem Tode.

Zwischen Bahnhof Friedrichstraße und Oranienburger Tor im Berliner Stadtbezirk Mitte verläuft eine heute nach Tucholsky benannte Straße. Ihr einstiger Name lautete Artilleriestraße, und sie gehörte zum Scheunenviertel, einer Slumgegend nahe Alexander- und Bülowplatz. Hier etablierte sich um die Jahrhundertwende eine fast rein ostjüdische Kolonie, mit eigenen Geschäften, Absteigen, Betstuben und Pensionen; sie war eng, stickig, armselig, sie war die Wiederkehr eines galizischen Schtetl mitten in Berlin. Der Schriftsteller Joseph Roth, selbst aus Galizien gebürtig, hat das Viertel sehr eingehend und fast zärtlich beschrieben.

Von Tucholsky existiert Vergleichbares nicht. Wenn er das Scheunenviertel kannte, was man annehmen darf, so schien es ihm einer eingehenden literarischen Erwähnung nicht wert. Seine Familie stammte aus Pommern, ihr Sozialstatus war der einer arrivierten Bürgerlichkeit, sie hatte sich assimiliert, wie große Teile der jüdischen Bourgeoisie in der Stadt auch sonst, und diese Assimilation betraf mehr als nur die Religion. Man empfand zumeist konservativ oder deutschnational, war hingerissen von preußischen Offiziersrängen und deutschen Ziviltiteln, und man meinte wohl die eigene Herkunft verdrängen zu können, indem man einen besonders schneidigen Patriotismus herauskehrte.

Selbst der in Preußen reichlich vorhandene Antisemitismus wurde in Teilen mitvollzogen, etwa wenn es um die ostjüdischen Immigranten ging, deren fremdartiges Aussehen, deren unmögliches Deutsch, deren auffällige Neigung zu Handel und Gefeilsch als lächerlich und abstoßend galten. Von solchen Existenzen fühlte man sich mindestens so weit entfernt wie die deutsche Bourgeoisie von ihrem Proletariat. Da sich aber nicht völlig abweisen ließ, daß mit dem allgemeinen Judenhaß auch man selbst gemeint sein könnte, entwickelte mancher eine geradezu masochistische Neigung, sich selber in Frage zu stellen.

Mit einer Wendung des deutschjüdischen Schriftstellers Theodor Lessing heißt das der „jüdische Selbsthaß", und zumal in Wien, wo der Antisemitismus besonders aggressiv auftrat, wurde er eine verbreitete Erscheinung. Ihr spektakulärster Vertreter war der jugendliche Selbstmörder Otto Weininger, Autor des Buches „Geschlecht und Charakter": Weininger rechnete die Juden den weibischen Wesen zu und sah in den Frauen eine minderwertige Rasse. Tucholsky, der sich gelegentlich zu ihm geäußert hat, vermerkte immer nur das zweite, also den Frauenhaß, und machte sich darüber lustig.

Er selbst war umgeben von jüdischen Intellektuellen und jüdischen Künstlern, aber das entsprach nicht einer besonderen philosemitischen Vorliebe oder Solidarität, sondern ergab sich einfach daraus, daß die Juden im geistigen Leben Berlins besonders stark präsent waren. Tucholsky, der scharfzüngig jeder Pointe hinterdreinhetzte, hat den jüdischen Witz auffällig gemieden, und wenn er einmal Jiddisches oder Gejiddeltes aufschreibt, wie bei dem Dreizeiler „As de Levone/De treifne Melone/Schaint de jiddische Schweiz!", handelt es sich um das Zitat aus einem rezensierten Buch.

Herr Wendriner ist die Ausnahme. Herr Wendriner kommt in zehn Jahren anderthalb dutzendmal vor. Herr Wendriner ist ein Charakter eigener Art: nicht der ungebildete und aufdringliche Neureich, den in den bekannten deutschjüdischen Witzen immer Herr und Frau Pollack abgeben müssen. Wendriners Jargon ist ziemlich dialektfrei, Jiddisches verwendet er kaum, der Mann ist gut informiert, geschäftig, anpassungsfähig, erfolgreich, er hat nur einen freilich gravierenden Mangel: Er ist geschwätzig, und ihm fehlt eine überzeugende Haltung. Wendriner ist ein assimilierter Jude, wie Tucholsky um keinen Preis einer sein wollte.

So ist denn der grimmigste aller Wendriner-Texte jener, der vom Besuch in einem Kino berichtet. Wendriner sieht die Wochenschau: „Parade in Mecklenburg. Gut besetzt, was? … Eine Menge Miliz ist da. Wissen Sie, daß einem direkt was fehlt, wenn die nicht im Saal sind? Ja. Man ist so daran gewöhnt … Man sieht übrigens sehr gute Erscheinungen darunter." Er schaut ins Publikum: „Nu sehn Sie sich mal diesen schwarzen Kerl da unten an! Wahrscheinlich Ostjude … wissen Sie, denen gegenüber ist der Antisemitismus wirklich berechtigt. Wenn man das so sieht. Ekelhafter Kerl. Wundert mich, daß er noch hier ist und daß sien noch nicht abgeschoben haben! … Na, ich kann nicht klagen. In unserer Straße herrscht peinliche Ordnung … wir haben da an der Ecke einen sehr netten SA-Mann, einen sehr netten Kerl." Schließlich, zu Ende der Vorstellung: „Na gehn wir. Ach so … noch das Wessel-Lied. Steh auf. Was soll man tun: man muß das mitmachen. Die Engländer singen auch immer nach dem Theater ihre Nationalhymne …"

Der Text beschreibt die schon ausgebrochene Nazi-Diktatur, dabei stammt er aus dem Jahre 1930. Kurt Tucholsky war manchmal eine prophetische Natur.

Es gibt noch eine zweite ständige Figur, dem Herrn Wendriner verwandt hinsichtlich monologischer Aufbereitung und berlinischer Geschwätzigkeit, es ist das Lottchen. Seit sich ihr Vorbild in einem etwas indezenten Erinnerungsbuch selber geoutet hat, wissen wir, daß Lottchen ein Pseudonym für Lisa Matthias ist.

Kurt Tucholsky war in seinem kurzen Leben zweimal verheiratet, beide Ehen scheiterten bereits nach kurzer Zeit. Er unterhielt daneben andere Beziehungen von wechselnder Intensität und Dauer. Inzwischen sind die wichtigsten bekannt: die Medizinstudentin Else Weil, die das Vorbild für die Heldin in „Rheinsberg" abgab und die später seine erste Ehefrau wurde; Kitty Frankfurter, seine Verlobte bis in die Jahre des Weltkriegs hinein; die schon erwähnte Mary Gerold, seine zweite Frau; die Modezeichnerin und Journalistin Lisa Matthias; schließlich Hedwig Müller, eine Schweizer Ärztin. Es gab daneben flüchtige Frauenbekanntschaften, und wenn man die in „Schloß Gripsholm" erzählte *ménage à trois* als authentisches Dokument nimmt, war Tucholsky in erotischen Dingen ziemlich freizügig, und sein sexueller Appetit war stark. Freilich könnte sein, daß es sich hierbei bloß um eine öffentliche Demonstration handelte, gedacht, die völlig verkrustete Sexualmoral der Deutschen herauszufordern und die dadurch provozierte Empörung lustvoll zu zerpflücken. Er benahm sich nicht als einziger so. Möglich wurde ein solches Auftreten in der promisken und liberalen Weltstadt Berlin.

Lottchen ist ein Geschöpf der emanzipierten Kleinbürgerlichkeit, schrill, oberflächlich, flatterhaft, aufdringlich und halbgebildet, dabei nicht ohne Charme. Sie läßt sich von Männern aushalten, deren einer Daddy ist (hinter dem wir uns den Autor vorstellen dürfen), und dem beichtet sie ihre Eindrücke, Wünsche, Schulden und ihre anderen Geliebten: „Nichts. Nichts war. Der Mann … der Mann ist eben – ich hab ihn auch im Auto mitgenommen, weil er so nett neben einem im Auto sitzt, eine glänzende Begleitdogge – so, hat das die Reventlow auch gesagt? Na, ich nenne das auch so. Aber *nur* als Begleitdogge. Der Mann sah glänzend aus. Doch, das ist

wahr. Einen wunderbaren Mund, einen so harten Mund – gib mal 'n Kuß auf Lottchen, er war dumm. Es war nichts."

Natürlich war doch etwas. Der Text heißt „Lottchen beichtet 1 Geliebten" und läuft darauf hinaus, daß auch Daddy eine neue Bekanntschaft hat. Lottchen: „Was? Da war nichts? – Das ist ganz was andres. Na ja, mir gefällt schon manchmal ein Mann. Aber ihr? *Ihr werft euch eben weg!*"

Kurt Tucholsky zusammen mit Lisa Matthias, 1929, im schwedischen Läggesta. Die Matthias war Vorbild für die Prinzessin in „Schloß Gripsholm" und auch für das Lottchen. Das Verhältnis der beiden begann schon ziemlich bald nach Tucholskys Eheschließung mit Mary Gerold.

Bei Lottchen treten gelegentlich die Freunde Karlchen und Jakopp auf. Die Lottchen-Geschichten entstanden um 1930, und das ist die Zeit, als Tucholsky an seinem Roman „Schloß Gripsholm" saß, wo gleichfalls Karlchen und Jakopp auftreten und der Ich-Erzähler von seiner Freundin mit Daddy angeredet wird. Diese Freundin heißt Lydia, wird Prinzessin geheißen, stammt aus dem Niederdeutschen und spricht ein mit Platt versetztes Deutsch. Sie ist zurückhaltend, lebensklug, sympathisch und in fast allem Lottchens radikales Gegenteil. „Schloß Gripsholm" benennt Lydias sozialen Hintergrund: „Sie war etwas, was alle Schattierungen umfaßt, die nur möglich sind: sie war Sekretärin. Sie war Sekretärin bei einem unförmig dicken Patron; ich hatte ihn einmal gesehn und fand ihn scheußlich, und daß zwischen ihm und Lydia ... nein! Das kommt beinah nur in Romanen vor."

Von Lottchen könnte dergleichen schwerlich behauptet werden, aber Lottchen bewegte sich auch sonst anders und anderswo. Mit Lydia haben wir ein weiteres Exemplar Tucholskyscher Frauenfiguren, von denen insgesamt gesagt werden muß, daß sie der Autor mit sehr viel mehr Interesse, Sympathie und Einfühlungsvermögen bedacht hat als die Männer.

Die erste jener Frauen heißt Claire und ist die Heldin von „Rheinsberg". Man erlebt eine liebenswerte junge Dame, die ihren Gefühlen und Neigungen freien Lauf läßt und das gesellschaftliche Entsetzen, das sie damit auslöst, außerordentlich genießt. Tucholsky gelingt mit ihr das Portrait eines Zeittypus: des (auch sexuell) emanzipierten Bürgermädchens, dem die wilhelminischen Einengungen widerwärtig sind, ohne daß sie sich gleich in die Bohème stürzen muß. Vielmehr geht es ihr um Bildung, Selbständigkeit, Selbstwertgefühl, um Natürlichkeit und Natur. Literarische Vorbilder boten die Frauenfiguren aus der zeitgenössischen Erzählliteratur Skandinaviens. „Rheinsberg" ist sprachlich am milden Impressionismus Herman Bangs und des frühen Knut Hamsun orientiert.

Claire und ihr Freund Wolfgang kommen aus Berlin, und es war vor allem diese Stadt, wo sowohl vor wie, mehr noch, nach dem Ersten Weltkrieg dergleichen Existenzen toleriert wurden, und blieben sie anfangs noch das Privileg einer wirtschaftlich abgesicherten Bürgerlichkeit, griffen sie dann im Nachkrieg über auf die kleinbürgerlichen und plebejischen Milieus. Ihr Typus wurde in der zeitgenössischen Berliner Belletristik gerne vorgeführt, bei Hans Fallada, bei Rudolf Braune, bei Vicky Baum und vor allem bei Irmgard Keun, deren „Kunstseidenes Mädchen" so etwas wie den literarischen Markennamen dafür abgab.

Tucholsky portraitiert noch andere Frauen. Da gibt es die Seelenbeichte der geschiedenen Ehefrau, die Monologe einer Hure, und eines seiner bekanntesten (wiewohl nicht besten) Gedichte feiert „Mutterns Hände": „Hast uns Stullen jeschnitten / un Kaffe jekocht / und de Töppe rübajeschohm ..." Keine Frage, wo der geographische Standort solcher Figuren zu suchen ist. Er heißt Berlin. Die Figuren verkörpern Berlin, und einmal setzt Tucholsky zu einem förmlichen Generalhymnus an:

Mädchen, kein Casanova
hätte dir je imponiert.
Glaubst du vielleicht, was ein doofer
Schwärmer von dir phantasiert?
Sänge mit wogenden Nüstern
Romeo, liebesbesiegt,
würdest du leise flüstern:
„Woll mit de Pauke jepiekt – ?"
Willst du romantische Feste,
gehst du beis Kino hin ...
Du bist doch Mutterns Beste,
du, die Berlinerin –!

Und weiter so fort, über insgesamt drei Strophen.

An der Station Eberswalder Straße ist die U-Bahn eine Hochbahn. Hier befindet sich einer der Zugänge zum Prenzlauer Berg, dem nach Kreuzberg dichtestbesiedelten Bezirk von Berlin, heute ein Ineinander von Neureichtum und Zerfall – eine Mischung, die dem Satiriker Tucholsky lag.

erswalder Straße

Herrn
Palets
Damen

Das im 19. Jahrhundert von Bauspekulanten erschlossene Gebiet vor dem Schönhauser Tor, der heutige Prenzlauer Berg, wurde ein prototypisches Gelände für Mietskasernen und das Miteinander von Kleingewerbe und Wohnraum. Versteinertes Elend findet sich vielfach noch heute. Der von Tucholsky sehr geschätzte Maler Zille, der dieses „Miljöh" wie kein anderer dargestellt hat, sagte einmal, man könne Menschen mit einer Wohnung erschlagen wie mit einer Axt.

Die Mitte des 19. Jahrhunderts von den Architekten Knoblauch und Stüler errichtete Neue Synagoge in der Oranienburger Straße. Sie war auffällig durch ihre Kuppel, die den Kuppeln des Stadtschlosses und des Domes Konkurrenz machte, und verrät etwas vom Stolz, Ehrgeiz und Geltungsbedürfnis der wohlhabenden jüdischen Bevölkerung in einer latent antisemitischen Gesellschaft.

Das jetzige Centrum Judaicum, die frühere Neue Synagoge, ist heute weniger ein religiöses als ein kulturelles Zentrum. Kurt Tucholsky war kein religiöser Mensch. Seine Familie war assimiliert. Jüdisches bedeutete ihm wenig, in seinen Schriften spielt es eine eher geringe Rolle. Eine der wenigen Ausnahmen ist seine Figur des Herrn Wendriner, in der er einen bestimmten Typus des assimilierten Juden karikierte, den vielbeschäftigten, erfolgreichen Geschäftsmann.

פתחו שערים ויבא גוי

Vom jüdischen Berlin ist nur wenig geblieben. Die Synagoge in der Rykestraße am Prenzlauer Berg stammt aus der Zeit der Jahrhundertwende und war einer der wenigen jüdischen Tempel, welche die Pogrome der Nationalsozialisten und den Krieg leidlich überstanden. Im Ost-Berlin der DDR war sie der einzige Ort für jüdischen Gottesdienst.

Veitel Heine Ephraim war der Hofjuwelier und Münzjude König Friedrichs II. von Preußen, sozusagen, um die bekannte literarische Figur Tucholskys zu nennen, ein friderizianischer „Herr Wendriner". Sein prunkvolles Palais an der Breiten Straße in Berlin-Mitte ließ er sich vom Architekten Diterich errichten. Später wurde es preußischer Staatsbesitz und Sitz des Polizeipräsidenten.

Der 1880 eröffnete jüdische Friedhof in Weißensee, im ehemaligen Ostteil der Stadt, ist die größte jüdische Begräbnisstätte in Europa. Kurt Tucholskys Vater Alex wurde hier am 5. November 1905 beigesetzt. Tucholsky hat eher selten über den Tod geschrieben. Eines seiner Gedichte jedoch trägt den Titel „In Weißensee".

Kurt Tucholskys Berlin war die Sprache. Dies mag bei einem Schriftsteller fast tautologisch klingen, aber es läßt sich nicht anders und nicht besser bezeichnen. Der Mann, der Berlin nicht liebte, weil die Stadt in Deutschland lag und ihm für Deutschland stand, kam von ihr dennoch nicht los, wollte es wohl auch nicht, denn er sprach ihre Sprache und brauchte sie, da er in ihr schrieb. Seine Schnodderigkeit, seine Sentimentalität, seine Treffsicherheit, seine Respektlosigkeit, sein omnipräsenter Witz, auch seine gelegentlichen Geschmacklosigkeiten und sein unstillbarer Mitteilungsdrang, sie alle sind unverkennbare Sprachgebärden Berlins, über sämtliche sozialen und stadtgeographischen Unterschiede hinweg. Tucholsky fühlte sich darin aufgehoben.

Das Berlinische ist ein Stadtjargon. Seine Grundlage ist das in der Mark Brandenburg heimische Platt, dessen Gebrauch schon zu Fontanes und mehr noch Tucholskys Zeiten immer weiter zurückging und heute fast ausgestorben ist. Erhalten hat es sich in Eigenheiten des Berlinischen: den unverschobenen Verschlußlauten, den Monophtongen und dem Einheitskasus, der in Berlin als Dativ vorkommt. Die Dialektanklänge schwinden, je höher ein Sprecher sozial aufsteigt, doch bleiben sie auch ihm in Sprachmelodie und Wortschatz immerfort erhalten. Zwei Immigrantengruppen haben den Jargon besonders nachhaltig beeinflußt: die Hugenotten und die Juden. Ihnen ist, außer einer Vielzahl von Entlehnungen, die Neigung zu Nüchternheit, zu Egalität und zu witziger Prägnanz zu danken. Wie in anderen großen Städten haben die einzelnen Berliner Viertel ihren speziellen Argot, seine Nuancen sind meist nur Einheimischen wahrnehmbar. Kurt Tucholsky besaß für sie ein empfindliches Gehör.

Mit Kurt Tucholsky wird das Berlinische endgültig zur unbestrittenen Literatursprache. Nun gab es auch vorher schon eine dialektnahe Berliner Belletristik, bei Glasbrenner, bei Kalisch, und es gab die stilistischen Versuche des Naturalismus, bei Holz und bei Schlaf. Vor allem gibt es die Dialektverwendung in frühen Stücken Gerhart Hauptmanns, „Der Biberpelz" und „Die Ratten", doch was dort die einer Kunstdoktrin verpflichtete sprachliche Charakteristik bestimmter Milieus bleibt, wird bei Tucholsky zum allgemeinen Stil, ob nun Dialekttranskriptionen stattfinden oder nicht. Berlinisch ist auch die Art, wie Tucholsky von Paris und Schweden erzählt, wie er Bücher bespricht, Anekdoten wiedergibt und Stilkritik betreibt. Es sind die vielen Schattierungen und Abstufungen des in dieser Stadt möglichen Deutsch, denen er nachlauscht, in denen er brilliert und die ihm problemlos zur Verfügung stehen. Er war das, was Karl Kraus von Johann Nestroy behauptet hat: sprachverbuhlt.

Es gibt einen Text, der „Das Sprachwunder" heißt. Berichtet wird von einem Manne, einem brandenburgischen Bankangestellten, „ein geborener Berliner. Dieser Mann war ein Dichter, ohne ein Wort schreiben zu können".

Was zur Begründung folgt, klingt wie eine Selbstcharakteristik:

„Schon die Fähigkeit, eine Figur auf die Beine zu stellen und sie ihre Sprache sprechen zu lassen, ist nicht sehr verbreitet. Dieser rätselhafte Bursche aber entwickelte seine Figuren aus der Sprache, und zwar aus der berlinischen." Weiter: „Vor allem konnte er sich in den gehobenen, organisierten, etwas kleinbürgerlichen Berliner Arbeiter verwandeln … Er hatte das Berliner Tempo weg, aber nicht jenes falschamerikanische, mit dem so viel Unfug getrieben wird, sondern dieses ruhige, fast behäbige in aller Hast, das Pathoslose, er war der Mann mit dem hängenden Hosenboden, der mit zwei Kameraden an der Ecke steht, einer erzählt eine endlose Geschichte, die nie aufhört, und kein Aas hört zu … Das Allermerkwürdigste aber war, daß der Mensch noch etwas anderes sprechen konnte, bis zur Täuschung genau; wenn man die Augen schloß, sah man sie vor sich: die dicke, bewegliche, geschwätzige Frau aus dem Mittelstand des Berliner Westens. Dann nahm seine Stimme eine etwas kreischende Färbung an, er plapperte wie ein Papagei, der Redestrom floß über alle Ufer, hemmungslos, wie die Sintflut … Ich habe so etwas niemals wiedergesehen."

Es ist solche Einmaligkeit, die der namenlose Bankbeamte aus Brandenburg mit seinem Portraitisten, dem berlinischen Schriftsteller Kurt Tucholsky, gemeinsam hatte.

Die außerordentliche Popularität, die Tucholsky schon zu Lebzeiten zufiel, setzte sich nach der Unterbrechung der Hitler-Jahre unvermindert fort. Man hat viele Gründe dafür angeführt, auch die linke Melancholie, die zum Grundgefühl ganzer Generationen heimatloser Linker wurde. Der Literaturkritiker Marcel Reich-Ranicki sah es so:

„Zahlreiche Feuilletons und Pamphlete Tucholskys können – mit Recht – auf unsere Verhältnisse bezogen werden, obwohl uns die unmittelbaren Anlässe meist gleichgültig geworden sind. Hinzu kommt, da er öfter allgemeine Tendenzen nachwies und charakterisierte als einzelne Fakten kommentierte, daß er sich weniger mit den Handlungen als mit den Gesinnungen befaßte, weniger mit Ereignissen als mit Zuständen … Die konkreten Zustände ändern sich schnell, manche Tendenzen hingegen, Gesinnungen und Zustände haben sich über die Jahrzehnte hinweg als äußerst dauerhaft erwiesen. Die Übertragbarkeit der gesellschaftlichen Diagnosen Tucholskys drängt sich um so mehr auf, als er zur journalistischen Vereinfachung neigte …

Tucholsky 1928. Erich Kästner: „… ein kleiner dicker Berliner wollte mit der Schreibmaschine eine Katastrophe aufhalten …“ Es sollte ihm nicht gelingen. Daraufhin, wieder Kästner, ging er „aus freien Stücken … dorthin, von wo man nicht wieder zurückkehren kann“.

Nicht obwohl, sondern weil er die Vielschichtigkeit der Phänomene oft ignorierte und nur auf ihren Kern hinwies, nur ihre Umrisse zeigte, ist Tucholsky heute so populär. Manche seiner Feuilletons und Aphorismen sind – wie Schiller-Zitate – bei allerlei Gelegenheiten gut verwendbar.“
Das mag so sein, obschon die hier beschworenen Charakteristika ebenso für andere Autoren zutreffen, die heute kaum noch jemand liest. Marcel Reich-Ranickis Diagnose stammt von 1962. Inzwischen vergingen dreieinhalb Jahrzehnte, und es scheint, daß die immergrüne Popularität des kleinen dicken Berliners mit der Schreibmaschine nun doch ein wenig zu welken begann. Die Aktualität vieler seiner Feststellungen bleibt völlig unverändert, doch scheint es, als wollten wir sie nicht mehr so begierig hören: nicht weil sie uns unbequem sind, sondern weil sie uns abgenutzt und banal erscheinen.
Kurt Tucholsky ist ein Klassiker geworden. Man gedenkt seiner in Gesamtausgaben und Museen, er wird zum Gegenstand von Dissertationen, während seine Art des Witzes von vielen mittelmäßigen Lokalkabarettisten fast zu Tode gehetzt wurde, so daß ihn nunmehr die von Max Frisch formulierte durchschlagende Wirkungslosigkeit ereilte.
Mag sein, sie ist nur eine vorübergehende Erscheinung. Es mag sogar sein, daß bereits die nächste Generation junger Leute sich wieder nach „Rheinsberg“ vom Blatt liebt wie bereits die Generation ihrer Groß- und Urgroßeltern. Vielleicht sollte man es wünschen. Verordnen kann man es nicht.

Der Görlitzer Bahnhof in Kreuzberg existierte ab 1868 und war Kopfstation für Züge nach Niederschlesien. 1952 wurde er stillgelegt, später abgerissen. Es existiert bloß noch der Bahnhof einer U-Bahn-Linie; dort, mit Tucholsky, „rauscht der Strom der Insgeschäftgeher durch die Stadt".

E

ine typische Berliner Fassadenfront am Chamissoplatz in Kreuzberg. Er ist benannt nach jenem deutschen Dichter französischer Herkunft, der als adliger Revolutionsflüchtling nach Preußen kam. Seine Biographie liest sich in manchem wie eine Umkehrung des Lebens von Kurt Tucholsky, der Frankreich der ungeliebten Heimat vorzog. Chamisso war übrigens auch – ein Jahrhundert vor Tucholsky – Schüler am renommierten Königlichen Französischen Gymnasium.

Das Lützowufer am Landwehrkanal. Anfang 1919 wurden nahebei die von Tucholsky sehr geschätzten Linksrevolutionäre Karl Liebknecht und Rosa Luxemburg von Freikorps-Soldaten ermordet. Die Leiche der Luxemburg hat man erst später aus dem Landwehrkanal gefischt. In der *Weltbühne* veröffentlichte Tucholsky einen Nachruf auf die beiden Führer des Spartakusbunds.

Das Wohnviertel Schlachtensee in Zehlendorf war eine der Ende des 19. Jahrhunderts im Berliner Raum zahlreichen Landhauskolonien, immer bewohnt von feinen Leuten. Der zugehörige U-Bahnhof Mexikoplatz ist ein Jugendstilbau der Architekten Hart und Lesser. Im nördlich beginnenden Grunewald hatte die Chefredaktion der *Weltbühne* eine Zeitlang ihren Sitz.

Auf diesen Stufen stehend, hat Kurt Tucholsky seine einzige öffentliche Rede gehalten – 1920, auf einer Anti-Kriegs-Demonstration. Das direkt am Lustgarten gelegene Alte Museum, zu dem sie führen, gilt als ältester und bedeutendster Museumsbau ganz Berlins. Errichtet hat ihn, von 1823 bis 1830, Preußens Stararchitekt Karl Friedrich Schinkel.

1890
Am 9. Januar wird Kurt Tucholsky in Berlin-Moabit als erster Sohn des Kaufmanns Alex Tucholsky und seiner Frau Doris geboren.
1890–1893
Wohnungswechsel in Berlin; anschließend Umzug nach Stettin.
1896
Geburt des Bruders Fritz. Kurt wird eingeschult.
1897
Geburt der Schwester Ellen.
1899
Rückkehr der Familie nach Berlin. Tucholsky besucht das Königliche Französische Gymnasium am Reichstagufer (Berlin-Mitte).
1903
Wechsel an das Königliche Wilhelms-Gymnasium (Tiergarten).
1905
Tod des Vaters.
1907
Tucholsky verläßt das Gymnasium. Im November erscheint seine erste Veröffentlichung, das „Märchen", im *Ulk*, einer satirischen Beilage des Berliner Tageblatts.
1909
Tucholsky besteht als Externer das Abitur am Königlichen Luisen-Gymnasium. Ab Oktober ist er als Jura-Student an der Friedrich-Wilhelm-Universität (heute Humboldt-Universität) eingeschrieben.
1910
Auslandssemester in Genf.
1911
Beginn der Arbeit für den sozialdemokratischen *Vorwärts*. Sommerurlaub in Rheinsberg mit Else Weil.
1912
Exmatrikulation. Verlobung mit der Jugendfreundin Kitty Frankfurther. Erste eigene Wohnung in der Nachodstraße 12 (Wilmersdorf). „Rheinsberg. Ein Bilderbuch für Verliebte", Tucholskys erstes Buch, erscheint in Berlin. Eröffnung der „Bücherbar" auf dem Kurfürstendamm zusammen mit Kurt Szafranski.
1913
Tucholsky lernt Siegfried Jacobsohn kennen, den Herausgeber der *Schaubühne* (später *Weltbühne*). Im Januar erscheint Tucholskys erster Beitrag für die *Schaubühne*, „Die beiden Brüder H.". Bald darauf schreibt er auch unter den Pseudonymen Ignaz Wrobel, Theobald Tiger und Peter Panter.
1914
Austritt aus der jüdischen Religionsgemeinschaft. Die an der Universität Jena eingereichte rechtswissenschaftliche Doktorarbeit wird abgelehnt.
1915
Nach Überarbeitung der Dissertation Promotion zum Dr. jur. an der Universität Jena. Im April wird Tucholsky zum Kriegsdienst in Rußland eingezogen.
1916
Versetzung nach Alt-Autz in Kurland. Redakteur einer Soldatenzeitschrift.
1917
Stabsschreiber und Leiter der Bibliothek und Druckerei an der Fliegerschule. Bekanntschaft mit Dr. Erich Danehl („Karlchen") und mit Mary Gerold („Meli").
1918
Versetzung nach Rumänien, dort Bekanntschaft mit Hans Fritsch („Jakopp"); Beförderung zum Leiter der Politischen Polizeistelle in Calafat. Im November Rückkehr nach Berlin. Chefredakteur des *Ulk*. Erste Verwendung des Pseudonyms Kaspar Hauser.
1919
Arbeiten für Cabarets und Revuen, zahlreiche Veröffentlichungen in Zeitungen und Zeitschriften, Beginn der Artikelserie „Militaria" in der *Weltbühne*. Der Gedichtband „Fromme Gesänge" erscheint.
1920–1921
Mary Gerold zieht Anfang des Jahres zu Tucholsky nach Berlin. Die beiden trennen sich jedoch kurz darauf. Tucholsky heiratet die Ärztin Dr. Else Weil. Eintritt in die USPD. Abgabe der Chefredaktion des *Ulk*. Zusammen mit Carl v. Ossietzky u. a. Gründung des Aktionsausschusses „Nie wieder Krieg"; Tucholsky spricht auf einer der Massenkundgebungen im Berliner Lustgarten. Bis 1921 Redaktion des Oberschlesien-Blattes *Pieron* und Mitarbeit an USPD-Blättern.
1922
Übertritt mit der Rest-USPD zur SPD. Eröffnung einer Antikriegsdemonstration im Lustgarten mit Tucholskys Gedicht „Drei Minuten Gehör".
1923
Trennung von seiner Frau Else. Eintritt in das Bankhaus Bett, Simon & Co.
1924
Die Ehe mit Else Tucholsky, geb. Weil, wird geschieden. Tucholsky gibt seinen Arbeitsplatz in der Bank auf und zieht als freier Autor und Korrespondent der *Weltbühne* und der *Vossischen Zeitung* nach Paris. Mary Gerold und Tucholsky heiraten in Berlin. Anschließend Rückkehr nach Paris.
1925
Umzug nach Le Vésinet in der Nähe von Paris. Pyrenäenreise mit Mary.
1926
Vorbereitungen und Verhandlungen für eine Theaterrevue in Zusammenarbeit mit Alfred Polgar. Das Projekt scheitert. Umzug nach Fontainebleau. Tod Siegfried Jacobsohns, daraufhin Rückkehr Tucholskys nach Berlin und Leitung der *Weltbühne*.
1927
Bekanntschaft mit Lisa Matthias. Carl v. Ossietzky übernimmt die Leitung der *Weltbühne*. Nach Aufenthalten in Hamburg und Dänemark kehrt Tucholsky nach Paris zurück. Im September Spessart-Reise mit den Freunden Dr. Erich Danehl und Hans Fritsch. „Ein Pyrenäenbuch" erscheint.
1928
Beginn der Mitarbeit an der kommunistischen *Arbeiter-Illustrierte Zeitung*. Trennung von seiner Frau Mary, die von Paris nach Berlin zurückkehrt. Tucholskys Klagen über seinen schlechten Gesundheitszustand häufen sich. Der Sammelband „Mit 5 PS" erscheint.
1929
Vortragsreisen durch Deutschland. Aufgabe seines ständigen Wohnsitzes in Paris und Reise nach Schweden. Mit Lisa Matthias in Läggesta in der Nähe von Schloß Gripsholm. Wegen eines Enthüllungsartikels über verbotene Rüstungsanstrengungen der Reichswehr wird Strafantrag gegen Carl v. Ossietzky erstattet (Beginn des „Weltbühnenprozesses"). „Das Lächeln der Mona Lisa" und „Deutschland, Deutschland über alles" erscheinen.
1930
Tucholsky wählt als ständigen Wohnsitz die „Villa Nedsjölund" in Hindås bei Göteborg. Im Sommer längerer Aufenthalt in einem Sanatorium in Luzern.
1931
Bruch der Beziehung mit Lisa Matthias. Tod Hans Fritschs. „Der bewachte Kriegsschauplatz" („Soldaten sind Mörder") erscheint in der *Weltbühne*, daraufhin Anzeige der Reichswehrführung. Urteil im „Weltbühnenprozeß": eineinhalb Jahre Haft für v. Ossietzky wegen Verrats militärischer Geheimnisse. „Schloß Gripsholm" (Vorabdruck im *Berliner Tageblatt*) und „Lerne lachen ohne zu weinen" erscheinen.
1932
Tucholsky unterzieht sich mehreren Nasenoperationen. Aufenthalte in Frankreich und der Schweiz. In Locarno Bekanntschaft mit der Ärztin Dr. Hedwig Müller („Nuuna"). Tucholsky wohnt ab Oktober bei ihr in Zürich. Freispruch Ossietzkys im Prozeß um das Zitat „Soldaten sind Mörder".
1933
Verhaftung Ossietzkys durch die Nationalsozialisten. Bücherverbrennung in Berlin. Ausbürgerung Tucholskys zusammen mit Lion Feuchtwanger, Heinrich Mann u. a. Tucholsky reist nach Schweden zurück, wo ihn Hedwig Müller besucht.
1934
Tucholsky setzt sich für die Freilassung Ossietzkys ein. Dem Besuch Tucholskys in Zürich folgt der Gegenbesuch Hedwig Müllers in Hindås.
1935
Erneuter Besuch Hedwig Müllers, die Tucholsky nun auch finanziell unterstützt. Weiterer Einsatz für Carl v. Ossietzky. Polemischer Artikel des einst von Tucholsky verehrten Knut Hamsun gegen Ossietzky. Im November schreibt Tucholsky einen undatierten Abschiedsbrief an Mary Gerold. Am 21. Dezember um 21.55 Uhr stirbt er in einem Göteborger Krankenhaus an einer Überdosis Barbiturate. Im Juli 1937 wird die Urne auf dem Friedhof von Mariefred/Gripsholm beigesetzt.